Julian von Bergen

Band I

Letzte Nacht in der Villa Neyher Frankfurt 1939

David Aurélien

Bibliografische Information der Deutschen Nationalbibliothek: Die Deutsche Nationalbibliothek verzeichnet diese Publikation in der Deutschen Nationalbibliografie; detaillierte bibliografische Daten sind im Internet über dnb.dnb.de abrufbar.

Die automatisierte Analyse des Werkes, um daraus Informationen insbesondere über Muster, Trends und Korrelationen gemäß §44b UrhG („Text und Data Mining") zu gewinnen, ist untersagt.

Erste Ausgabe

Deutsche Ausgabe basierend auf dem französischen Originalmanuskript des Autors.

Verlag: BoD · Books on Demand GmbH, Überseering 33, 22297 Hamburg, bod@bod.de

Druck: Libri Plureos GmbH, Friedensallee 273, 22763 Hamburg

ISBN: 978-3-7583-8776-0

MIX
Papier aus verantwortungsvollen Quellen
Paper from responsible sources
FSC
www.fsc.org
FSC® C105338

"Die Reise der Seele beginnt dort, wo der Verstand aufhört, nach Antworten zu suchen – und sich dem Unsichtbaren öffnet."

Vorwort

Seit jeher sprechen Orte zu mir. Die Geschichten der Vergangenheit – selbst, wenn sie vergessen scheinen – bleiben oft knapp unter der Oberfläche bestehen, flüstern, bitten darum, gehört, ans Licht geholt zu werden, um endlich befreit zu sein. Schreiben bedeutet für mich, den Geistern eines Ortes eine Stimme zu geben – damit sie ihre Wahrheit erzählen und Frieden finden können.

Ich lebe seit zwanzig Jahren in Frankfurt und habe diese schwer fassbare Präsenz vergangener Geschichten oft gespürt – als ob Erinnerungen weiter existierten, parallel zu unserer Wirklichkeit.

Dieser erste Roman ist aus diesen leisen Stimmen geboren – aus der Atmosphäre einer unruhigen Zeit, frei schöpfend, inspiriert vielleicht von tatsächlichen Ereignissen.

Jegliche Ähnlichkeit mit lebenden oder verstorbenen Personen oder existierenden Unternehmen ist rein zufällig.

Während des Schreibens hatte ich das tiefe Gefühl, in das Frankfurt der dreißiger Jahre zurückversetzt zu sein – als lebte ich in jener Zeit, hörte ihre Geräusche, roch ihre Düfte, spürte ihre Stimmungen – obwohl wir das Jahr 2025 schreiben.

Indem ich die fiktive Villa Neyher zum Leben erweckt habe, wollte ich diese besondere Atmosphäre einfangen – ihre Geheimnisse, ihre Bewohner – und daran erinnern, dass Geschichte weiter in uns nachhallt, solange wir sie nicht wirklich anhören.

Vielleicht beginnt Heilung dort, wo wir wirklich zuhören.

Inhaltsverzeichnis

Kapitel 1

Frankfurt, März 1939. Villa Neyher.

Der Krieg war noch nicht ausgebrochen, aber Europa bebte bereits unter der drohenden Veränderung. Die Wirtschaft stand unter Druck, jüdische Unternehmer verloren ihre Posten, ihre Unternehmen und Besitztümer und wurden durch neue Männer ersetzt.

Die Zeitungen sprachen vom „Aufbruch Deutschlands", doch in den vornehmen Salons wurde noch immer getrunken und getanzt – als könnte Champagner das Unvermeidliche betäuben.

Die Villa Neyher, eine majestätische Residenz inmitten eines Parks mit imposanten Bäumen, lag am Ende einer langen Allee, an der Ecke der Forsthausstraße und der Mörfelder Landstraße, direkt angrenzend an den Stadtwald. An diesem Abend fand dort ein Empfang statt, ausgerichtet von Maximilian von Neyher, dem Erben einer einflussreichen Industriellenfamilie, deren Geschäfte in den letzten Jahren auf eine harte Probe gestellt worden waren.

Dieses prächtige neoklassizistische Gebäude, mit seinen imposanten Säulen und hellen Steinfassaden, zeugte von vergangenem Glanz. Im großen Salon reflektierten vergoldete Spiegel die Bewegungen der Gäste, während makellos gekleidete Bedienstete sich lautlos durch die

Frankfurter Elite bewegten, silberne Tabletts mit perlendem Champagner in den Händen.

Draußen, jenseits der gepflegten, von dekorativen Laternen beleuchteten Gärten, warfen die mächtigen Eichen des Louisa-Parks bewegte Schatten unter das diffuse Mondlicht.

Julian von Bergen trat durch das imposante Vestibül mit rotem Samtteppich ein und begab sich in den großen Empfangssaal. Sein Erscheinen zog die Blicke auf sich – ein großer, schlanker Mann in einem mitternachtsblauen Smoking mit Seidenrevers. Sein Gesicht, von fast skulpturaler Schönheit, war geprägt von hohen Wangenknochen, einer geraden Nase und Lippen, die stets den Hauch eines ungesagten Gedankens zu bewahren schienen. Seine Augen – ein tiefes Grün mit hellbraunen Reflexen – durchdrangen den Raum, immer suchend, immer wachsam. Selbst mit achtunddreißig Jahren war er noch eine Erscheinung.

Er nahm ein Champagnerglas von einem Tablett, ohne den Kellner zu beachten, und ließ seinen Blick durch die Menge schweifen. Der Saal war gefüllt mit vertrauten Gesichtern der Frankfurter Oberschicht: Bankiers, Industrielle. Die Männer trugen perfekt geschneiderte Anzüge, die Frauen schwebende Seidenroben, manche mit Pelzkragen veredelt, manche geschmückt mit erlesenen Juwelen aus Paris oder Wien.

Die Gespräche schwankten zwischen Verleugnung und stummer Furcht.

— Ich sage Ihnen, Frankreich wird es niemals wagen, uns entgegenzutreten. Niemand hat den Mut, etwas zu unternehmen.

— Der Handel mit der Schweiz läuft noch, aber Berlin zieht die Schlinge enger. Bald werden nur noch jene Geschäfte machen können, die sich der Linie anpassen.

— Nächstes Jahr wird niemand mehr wagen, sich ihm zu widersetzen. Nach allem, was er bereits erreicht hat – wer könnte es noch?

Julian ließ diese Worte an sich abprallen, nahm einen gemessenen Schluck Champagner. Er hatte die Präsenz einiger SS-Offiziere in der Menge bemerkt, makellos gekleidet in ihren schwarzen Uniformen, mit dem silbernen Totenkopf auf ihren Mützen. Noch vor wenigen Jahren hätten solche Männer diese Salons niemals betreten – nun waren sie überall. Und sie beobachteten. Beurteilten.

Die Musik, ein sanftes Walzerstück, wirkte fehl am Platz in dieser Atmosphäre, in der jeder Blick, jedes Wort, jedes Schweigen Konsequenzen haben konnte.

— Julian, du wirkst abwesend.

Die Stimme kam von Charlotte von Lingen, seiner ältesten und vielleicht einzigen wahren Freundin in diesem Kreis. Perfekt in ihrem elfenbeinfarbenen Seidenkleid, ihre blonden Haare in eleganten Wellen gelegt, verkörperte sie Raffinesse. Charlotte hatte eine kluge Ehe geschlossen: ein Mann, weitaus älter als sie, aber mit unerschütterlichem Einfluss und Reichtum.

Doch sie war keine Frau, die sich in einen goldenen Käfig sperren ließ. Sie kannte die Regeln des Spiels – und spielte sie besser als die meisten.

— Ich genieße den Abend, antwortete Julian mit einem etwas zu kontrollierten Lächeln.

Charlotte ließ ihren Blick durch den Saal schweifen. Sie kannte ihn zu gut.

— Die Zeiten ändern sich, Julian. Manche würden sagen, man müsse die Welle reiten, bevor sie bricht.

Er hob sein Glas an die Lippen, nippte am Champagner.

— Und du? Wohin wird dich diese Welle tragen?

Er versuchte, ein Lächeln anzudeuten.

Sie neigte leicht den Kopf, und für einen Moment huschte ein Schatten der Besorgnis über ihr Gesicht.

— Dorthin, wo ich sicher bin.

Dann beugte sie sich unauffällig vor, brachte ihre Lippen dicht an sein Ohr und flüsterte:

— Um Himmels willen, Julian, was machst du noch hier?

Er antwortete nicht sofort. Er konnte es noch nicht zugeben.

Ein Klirren von zerbrochenem Glas unterbrach den Moment. Eine Dame hatte ihr Glas fallen lassen. Ihr nervöses, gezwungenes Lachen hallte durch den Saal. Für einen Sekundenbruchteil verstummten die Gespräche, eine unsichtbare Welle durchlief die Menge, bevor alles wieder zur Normalität zurückkehrte. Doch diese flüchtige Stille hatte das unausgesprochene Gefühl offenbart.

Charlotte legte besorgt eine Hand auf seinen Ärmel.

— Julian... was ist los?

Sie suchte in seinem Gesicht nach einer Antwort. Für den Bruchteil einer Sekunde sah sie darin einen Funken von Wut und Traurigkeit. Dann, als wäre nichts gewesen, setzte er seine Maske wieder auf, lächelte und erwiderte:

— Lass uns tanzen!

In diesem Moment spürte er einen Blick auf sich ruhen. Einer der SS-Offiziere hatte ihn bemerkt. Ihre Blicke trafen sich für eine Sekunde – eine kühle Einschätzung, eine stumme Berechnung.

Julian wusste nicht, ob sein Name bereits auf einer Liste stand oder ob er noch nur ein Name unter vielen war, die es zu beobachten galt.

Aber eines wurde ihm klar: Vielleicht war der Moment, in dem er noch hätte gehen können, bereits verstrichen.

Kapitel 2

Frankfurt, 1919.

Julian war achtzehn Jahre alt, als er zum ersten Mal aus dem Zug am Frankfurter Hauptbahnhof stieg. Sein richtiger Name, den er bei seiner Abreise aus der Tschechoslowakei noch trug, war Jakob Bulkowicz.

Die Stadt war nicht die, die er sich vorgestellt hatte, und auch nicht die, die sein Vater in seinen Erzählungen beschrieben hatte. Der Erste Weltkrieg hatte tiefe Spuren hinterlassen – Männer in abgetragenen Mänteln schleppten ihre Müdigkeit über das Pflaster, Witwen mit leeren Blicken irrten ziellos umher, und Kinder, zu ernst für ihr Alter, waren zu schnell erwachsen geworden.

Sein Name war geprägt von der Geschichte seines Vaters, Leopold Bulkowicz, ein Name, der seine jüdische und kaufmännische Herkunft verriet. Leopold war ein Geschäftsmann, der aus dem Nichts kam und ein Handelsunternehmen für Metallteile in der pharmazeutischen und chemischen Industrie aufgebaut hatte. Er stammte nicht aus einer adligen Linie, doch er hatte Charisma, Überzeugungskraft und einen gewissen Geschäftssinn.

Seine Mutter, Eléonore von Bergen, entstammte einer alten Landadelsfamilie nahe Posen. Ihr Vater, ein preußischer Offizier, hatte eine adlige Frau französischer Abstammung geheiratet – aus einer Linie von Diplomaten und Gelehrten. Von dieser kontrastreichen Herkunft hatte Eléonore, von

17

strahlender Schönheit, eine natürliche Eleganz und eine anspruchsvolle Erziehung geerbt. Sie sprach Französisch mit der Grazie einer Herzogin und lehrte ihren Sohn die Liebe zu den Worten, zur Kultur und zur Freiheit. Sie war sein Anker, seine Bildung, seine Welt.

Rebellisch, wie sie war, hatte sie Leopold Bulkowicz gegen den Willen aller geliebt. Er hatte sich aus eigener Kraft hochgearbeitet – doch das reichte den von Bergens nicht.

Als sie ihn heiratete, verstießen ihre Eltern sie. Eine von Bergen, verheiratet mit einem jüdischen Kaufmann? Unvorstellbar. Sie verschlossen ihr die Türen und strichen ihren Namen aus allen Familiengesprächen.

Julian wuchs zwischen diesen beiden Welten auf: Von seiner Mutter erbte er die Feinheit, die Eleganz, die stolze, aufrechte Haltung. Sein Gesicht, harmonisch und ausdrucksstark zugleich, strahlte eine magnetische Anziehungskraft aus – eine Aura, die mühelos fesselte. Von seinem Vater übernahm er den Überlebensinstinkt und die Kühnheit. Er sprach Deutsch und Französisch mit gleicher Leichtigkeit, doch ein schwer zu definierender, leichter und charmanter Akzent verriet seine gemischte Herkunft. Er konnte sich gut auf Englisch verständigen, genug, um Gespräche zu führen und Bücher zu lesen. Er hatte gelernt zu beobachten, zuzuhören, zu verstehen, dass Identitäten Masken waren – dass man je nach Situation alles und sein Gegenteil sein konnte.

Seine Mutter starb, als er vierzehn war, bei der Geburt eines zweiten Kindes – eines kleinen Mädchens, das nicht länger als ein paar Stunden überlebte. An dem Tag, an dem sie ging, hörte sein Vater auf, ein Mann zu sein.

Der Niedergang kam langsam. Schon durch einige schlechte Investitionen und den Verlust seiner Frau geschwächt, geriet er in einen Abwärtsstrudel. Schnaps ersetzte Zahlen, Schulden häuften sich, der Krieg zerstörte das, was von seinem Geschäft noch übrig war. Vor 1918 hatte er von seinen Exporten nach Deutschland und Österreich gelebt, doch die Unabhängigkeit der Tschechoslowakei änderte alles. Neue Zollschranken, wirtschaftlicher Protektionismus und der Zusammenbruch des Handels mit Deutschland ruinierten ihn. Er versuchte, neue Absatzmärkte zu finden, doch es war bereits zu spät.

Eines Nachts fand man seinen leblosen Körper in einem Fluss, die Kleidung schwer vom Wasser, der Blick leer. Selbstmord oder Mord? Man wusste es nicht.

Julian hatte nichts mehr. Nur eine einzige Information, die sein Vater ihm in einem kurzen, nüchternen Moment vor dem nächsten Rausch zugeflüstert hatte, gab ihm noch eine Richtung: Frankfurt. Die Bank.

Sein Vater war oft geschäftlich dort gewesen und hatte ihm von einem Konto erzählt, das er dort besaß.

Es war seine letzte Hoffnung.

Beim Verlassen des Bahnhofs begab sich Julian sofort zum Bankhaus Mazeler, einer der ältesten Finanzinstitutionen Frankfurts, bekannt für ihre Diskretion und ihre wohlhabende Kundschaft.

Die kalte Luft biss ihm in die Haut, während er die vor Nässe glänzenden Pflasterstraßen hinuntereilte. Bei jedem Schritt hörte er die Stimme seines Vaters: — Falls mir jemals etwas zustößt, erinnere dich an das Bankhaus in Frankfurt.

Die Eingangshalle der Bank roch nach Leder und Wachs. Männer in Gehrock sprachen leise miteinander, Angestellte kritzelten bei Lampenschein auf Papier. Julian nannte seinen Namen mit kontrollierter Stimme und reichte seine Dokumente über den Empfangstisch, ohne sich eine Spur von Nervosität anmerken zu lassen.

Der Bankangestellte musterte ihn, hob eine Augenbraue und entfernte sich mit den Unterlagen. Julian wartete, den Atem angehalten. Wenn dieses Geld noch existierte, konnte er noch einmal von vorne beginnen.

Einige Minuten später trat ein älterer Herr auf ihn zu, makellos gekleidet in eine schwarze Weste. Sein Gesicht war ausdruckslos. Zu ausdruckslos.

— Herr Bulkowicz?

— Ja.

— Es tut mir leid. In unseren Registern existiert kein Konto auf den Namen Leopold Bulkowicz.

Julian spürte, wie der Boden unter ihm zu schwanken schien.

— Unmöglich. Mein Vater hatte hier ein Konto.

Der Bankier blieb ungerührt.

— Falls es existierte, wurde es längst aufgelöst. Vielleicht unter einem anderen Namen, oder es wurde in den Wirren der Nachkriegszeit beschlagnahmt.

Er schloss die Akte. Die Angelegenheit war erledigt.

Julian verließ das Bankhaus, ohne sich an die Straßen zu erinnern, durch die er stundenlang wanderte. Er streifte durch die Stadt, ziellos, mit wirren Gedanken und einem Knoten im Magen. Es gab nichts. Vielleicht hatte es nie etwas gegeben. Hatte sein Vater ihn getäuscht, um ihm einen Grund zu geben, fortzugehen? Oder war jemand ihm zuvorgekommen?

Doch es gab kein Zurück. Der Zweifel nagte an ihm, vermischt mit Angst. Er brauchte eine Lösung – und zwar schnell.

In einer zur Tagesmiete genommenen Dachkammer im Ostend saß er auf dem Bett und ließ seinen Blick über den halb geöffneten Koffer schweifen. Die Wände waren feucht, durchzogen von einem muffigen Geruch, und das karge Mobiliar zeugte von der Trostlosigkeit des Ortes. Der Boden knarrte unter seinen Schritten, ein kalter Luftzug drang durch ein schlecht isoliertes Fenster.

Ein Stück weißer Stoff ragte leicht heraus. Ein besticktes Tuch mit den Initialen seiner Mutter, das ein Stück Papier verbarg – die Geburtsurkunde von Eléonore von Bergen.

Er nahm sie zwischen die Finger, drehte sie, betrachtete sie im flackernden Licht der Lampe.

Von Bergen. Ein Name, der zu einer anderen Welt gehörte.

Und wenn er seine einzige Rettung war?

Der Gedanke nahm langsam Gestalt an. Eine neue Identität. Ein anderes Leben. Er hatte kein Erbe mehr, kein Geld, keine Familie. Aber er hatte einen Namen.

Einen Namen, der Türen öffnen konnte.

In den folgenden Tagen suchte er das Meldeamt auf und erklärte, dass er seinen Pass verloren habe.

Als man ihn nach seinem Namen fragte, antwortete er – ohne Zögern, mit einem undefinierbaren Akzent, aber mit perfekter Sicherheit:

— Julian von Bergen.

Kapitel 3

In einer Schublade seines Koffers, unter ein paar abgetragenen Kleidungsstücken, lag das einzig Wertvolle, das ihm noch geblieben war: eine Taschenuhr von Patek Philippe, aus 18-karätigem Gelbgold, mit einem weißen Emailleziffernblatt und handgemalten arabischen Zahlen. Ihr Gehäuse, fein graviert und mit floralen Mustern verziert. Es war ein Hochzeitsgeschenk seines Vaters an seine Mutter gewesen. Nach Eléonores Tod war die Uhr in seine Hände übergegangen. Er hatte sie immer bei sich behalten – der letzte greifbare Beweis einer vergangenen Zeit.

Er machte sich auf den Weg nach Sachsenhausen, ein Viertel, in dem sich wenig zimperliche Pfandleiher finden ließen. Dort, in einem düsteren Geschäft, gefüllt mit gescheiterten Existenzen und den Überbleibseln unzähliger Bankrotte, begann er zu verhandeln. Der Pfandleiher, ein misstrauisch dreinblickender Mann namens Salomon Grünfeld, genannt *Salo*, betrachtete die Uhr unter dem flackernden Licht einer Petroleumlampe. Er kannte ihren wahren Wert – doch er wusste auch, dass Julian verzweifelt war.

— Tausend Mark.

— Sie ist mindestens fünfmal so viel wert.

— Tausend. Oder nichts.

Julian hatte nicht den Luxus, zu feilschen. Er reichte die Uhr über den Tresen, nahm die zerknitterten Geldscheine entgegen und verließ das Geschäft, ohne ein weiteres Wort zu verlieren.

Mit diesem Geld begab er sich in die Goethestraße, Frankfurts exklusivste Einkaufsstraße. Dort wählte er mit Bedacht schlichte, aber elegante Kleidung: einen feinen Wollanzug, maßgeschneidert von einem diskreten, aber renommierten Schneider, ein makelloses Hemd mit steifem Kragen, perfekt polierte Lederschuhe und einen langen, dunklen Mantel, der ihm die Erscheinung eines Mannes von Stand verlieh – oder zumindest von jenem Stand, dem er anzugehören vorgab.

Dann suchte er Fritz auf, einen Mann, dessen Name nur in bestimmten Kreisen geflüstert wurde. Er führte eine staubige Buchhandlung in der Nähe der Kleinmarkthalle, doch sein eigentliches Geschäft fand im Hinterzimmer statt. Dort erhielt Julian gefälschte Papiere, die ihn als Erben auf der Rückkehr aus dem Exil auswiesen, mit einem beträchtlichen Vermögen, das nur noch freigegeben werden musste. Ein Empfehlungsschreiben, angeblich unterzeichnet von einem Freund der Familie, verstärkte die Illusion.

Mit dieser neuen Identität fand er eine passende Wohnung in Westend-Süd, einem Viertel, in dem sich Intellektuelle, verarmter Adel und aufstrebende Finanzmagnaten vermischten. Der Vermieter, eingenommen von Julians Selbstbewusstsein und seinen einwandfreien Referenzen, schöpfte keinen Verdacht.

Er kleidete sich mit größter Sorgfalt und begann, die eleganten Cafés Frankfurts zu frequentieren – jene Orte, an denen sich Künstler, Bankiers und Aristokraten begegneten. Er sprach wenig, aber hörte alles.

Er wollte die Codes verstehen, lernen, wie man in diese Welt eintritt, zu der er zu gehören vorgab. Er wusste bereits, dass er es schaffen würde.

Es war in einem dieser Cafés, nahe der Oper, dass er Charlotte von Lingen begegnete.

Charlotte war eine Frau in den Dreißigern, aus bescheidenen Verhältnissen stammend, die jedoch ihren sprühenden Charme geschickt genutzt hatte, um einen älteren Mann zu heiraten. Sein Vermögen und seine einflussreichen Kontakte hatten ihr die Türen zur gehobenen Gesellschaft geöffnet. Ihre Eleganz war nicht angeboren, sondern perfektioniert – geschliffen durch die Kreise, in denen sie sich bewegte.

Sie trug ein tiefblaues Seidenkreppkleid, dezent betont durch eine schlichte Perlenkette, und ihr feiner Duft verriet sicheren Geschmack.

Charlotte beobachtete die Welt mit dem Blick einer geübten Zuschauerin. Ihre graublauen Augen durchbohrten die Menschen, als könnte sie durch sie hindurchsehen. Ihre Bewegungen waren langsam, bedacht, und ihr Lächeln trug eine subtile Ironie in sich. Sie kannte diese Gesellschaft, wusste, wer dazugehörte – und wer versuchte, hineinzukommen.

Als ihr Blick auf Julian fiel, musterte sie ihn einen Sekundenbruchteil länger als nötig. Sein Anzug war makellos – aber zu neu. Seine Selbstsicherheit tadellos – aber zu einstudiert. Sie erkannte eine Geschichte hinter dieser sorgfältig konstruierten Fassade.

Ein wissendes Lächeln spielte um ihre Lippen.

— Ich habe dich hier noch nie gesehen, sagte sie mit einem leicht amüsierten Unterton.

Julian hob den Blick, ein kaum merkliches Lächeln im Mundwinkel. Er spürte sofort, dass sie es wusste. Sie wusste, dass er nicht von hier war. Doch sie schien ihn deshalb nicht abzulehnen.

— Man muss ja irgendwo anfangen.

— Anfangen womit?

— Zu existieren.

Sie hob eine Augenbraue, sichtlich fasziniert von der Antwort. Langsam ließ sie ihr Glas zwischen den Fingern kreisen und neigte leicht den Kopf.

— Dann sag mir... Wer bist du wirklich?

Julian lehnte sich in seinem Stuhl zurück und ließ den Blick über das geschäftige Treiben des Cafés gleiten.

Er wusste es selbst noch nicht genau.

Kapitel 4

Die 1920er Jahre brachten Frankfurt eine Welle des Glanzes und der Exzesse.

Während Europa noch seine Wunden leckte, erlebte die Stadt eine fieberhafte Wiederbelebung. Die Goldene Jugend suchte in Clubs, Theatern und mondänen Salons Vergessen für die Entbehrungen des Krieges. Die Frankfurter Nächte standen denen von Berlin oder Paris in nichts nach: Sie waren das Spielfeld einer Aristokratie auf der Suche nach Extravaganz, von Intellektuellen, die nach neuen Ideologien lechzten, und Künstlern, die sich neu erfanden.

Es war eine Zeit, in der alles möglich schien.

Julian wusste, dass er seinen Platz in dieser Welt finden musste – nicht am Rand, sondern im Zentrum.

Er lebte diese Nächte mit Intensität, umgeben von einem Kreis aus Adligen, Künstlern und Intellektuellen. Er bewegte sich zwischen den Cabarets in Sachsenhausen, wo man Schnaps und Champagner zu den Klängen des amerikanischen Jazz trank – gespielt von schwarzen Musikern, die aus den USA nach Europa geflohen waren. Den Champagnerbars entlang der Zeil, wo Neureiche und Finanzleute zwischen zwei Gläsern Ruinart Verträge unterzeichneten. Den prunkvollen Bällen der Luxushotels, wie dem Hotel Frankfurter Hof, wo sich die feine Gesellschaft in neu gewonnener Opulenz versammelte. Den Opernabenden, wo einflussreiche Familien neben jungen Aufsteigern saßen, die versuchten, in diese exklusiven Kreise vorzudringen. Und schließlich die geheimen Feste, verborgen hinter diskreten Türen oder in privaten Apartments – Orte, an denen alle Konventionen mit dem Zuziehen der Vorhänge fielen.

Es war ein Spiel der Erscheinungen, ein Tanz, bei dem Mut und Esprit mehr zählten als Herkunft. Julian amüsierte sich in diesem Kosmos, er experimentierte, testete die Grenzen seines Charmes und seiner Intelligenz. Er wusste, wie er Geschäftsleute mit seinen Gesprächen beeindrucken konnte, Künstler mit seinem Mysterium fesselte und Frauen mit seiner Selbstsicherheit und seinem Äußeren faszinierte.

Doch das mondäne Leben beschränkte sich nicht auf die fiebrigen Nächte Frankfurts.

Am Wochenende zog es viele in andere Welten: nach Berlin, wo sich die Bohème und die intellektuellen Zirkel mit den dekadenten Exzessen der Charlottenburger Cabarets vermischten. Im Winter floh man an die Côte d'Azur, nach Nizza und Monte-Carlo, wo die deutsche Oberschicht nicht nur die Sonne, sondern auch die eleganten Casinos genoss. Andere zog es nach Paris, wo man in den privaten Clubs von Montparnasse oder in den literarischen Salons bis zum Morgengrauen über die Zukunft der Welt debattierte.

Frankfurt, mit seiner scheinbar bürgerlichen Strenge, verbarg eine Welt voller Gegensätze.

In den noch geheimeren Männerzirkeln, vor allem in den diskreten Gassen nahe der Freßgass, wusste man, dass manche Freundschaften über gesellschaftliche Konventionen hinausgingen. Hier fielen die Masken, hier zeigten sich die wahren Machtverhältnisse.

Julian verstand es, die leise geflüsterten Geständnisse zwischen zwei Gläsern Absinth zu hören. Er erkannte jene, die Geheimnisse zu bewahren hatten – und vor allem jene, die über die Mittel verfügten, sie zu schützen.

Er wusste: Alles drehte sich um die Kunst, unentbehrlich zu erscheinen – den anderen in dem Glauben zu lassen, dass er eine Information, eine Verbindung oder eine Macht besaß, die der andere nicht hatte.

Schon seit einiger Zeit hatte er eine gut bezahlte Position inne – ein prestigeträchtiger Posten an der Schnittstelle zwischen Diplomatie und Wirtschaft, wo man scharfsinnige, diskrete Geister schätzte. Seine Sprachkenntnisse und seine natürliche Gewandtheit machten ihn dort zu einem wertvollen Akteur.

Offiziell arbeitete er für eine Agentur für internationalen Handel, die Verhandlungen zwischen deutschen Industriellen und ausländischen Investoren erleichterte. Doch inoffiziell reichte seine Rolle weit über bloße Geschäftsverträge hinaus: Er hörte zu, beobachtete und übermittelte Informationen – an jene, die sie zu nutzen wussten.

Sein Beruf öffnete ihm wertvolle Türen – die Kreise, in denen Diplomaten, Bankiers und Politiker sich austauschten, ohne sich um die Anwesenheit des eleganten jungen Mannes zu scheren, der stets bereit war, sich nützlich zu machen, ohne je bedrohlich zu wirken.

Dank Charlotte von Lingen betrat er schließlich auch die exklusivsten Salons.

Bankiers, Künstler, Politiker – Julian verstand die Kunst, sich anzupassen, die Erwartungen seines Gegenübers zu spiegeln und genau das zu sein, was der andere in ihm sehen wollte.

Ein Spiegel für jene, die sich in ihm erkennen wollten.

Kapitel 5

Julian hatte nicht geplant, diesem Polospiel beizuwohnen.

Er war von Wilhelm Kessler eingeladen worden, einem ehrgeizigen jungen Finanzmann, der in ihm einen Mann sah, den es sich zu kennen lohnte. Kessler gehörte zu jenen, die sich gerne mit vielversprechenden Persönlichkeiten umgaben – nicht aus Altruismus, sondern aus Instinkt. Er wusste, dass in diesen Kreisen jede Verbindung früher oder später von Nutzen sein konnte.

So fand sich Julian an einem windigen Septembernachmittag in Niederrad wieder, umgeben von einflussreichen Männern, die einen Sport beobachteten, dem er bisher keine Beachtung geschenkt hatte.

Julian ahnte nicht, dass ihm an diesem Tag ein Mann besonders auffallen würde: Maximilian von Neyher.

Als Erbe eines Industrieimperiums hatte Maximilian eine imposante Präsenz. Groß gewachsen, blond, mit stechend hellblauen Augen, strahlte er eine kühle Autorität aus – eine Mischung aus Selbstsicherheit und ständigem Kalkül. Doch das, was ihn unvergesslich machte, war diese gefährliche Mischung aus Charisma und roher Macht.

Reich, rücksichtslos, in allem maßlos – er weckte ebenso viel Faszination wie Furcht.

Der Platz, gesäumt von handverlesenen Zuschauern, vibrierte unter den Hufen der Pferde, die mit voller Geschwindigkeit über das Spielfeld jagten. Maximilian dominierte das Spiel, schlug den Ball mit präziser Mechanik, scheinbar ungerührt von den bewundernden Blicken und dem gedämpften Applaus.

Der Moment, der sie tatsächlich zusammenführte, war ebenso absurd wie unbeabsichtigt.

Julian lehnte sich lässig an eine Absperrung, den Blick mit gespielter Gleichgültigkeit auf das Spiel gerichtet. Plötzlich vollführte eines der Pferde, von seinem Reiter herumgerissen, eine abrupte Wendung auf der Hinterhand– und schleuderte mit einem Hinterhuf eine breite Wolke aus Erde und Schlamm in Richtung der Zuschauer.

Der Dreckklumpen landete direkt auf dem unteren Teil von Julians sorgfältig gewähltem Mantel.

Einen Moment lang herrschte Stille – dann erklangen erste unterdrückte Lacher aus der Menge.

Julian sah auf seinen Mantel hinab, hob eine Augenbraue und erklärte, ohne seine Ruhe zu verlieren:

— Offenbar hat sich die Erde noch nicht für eine Seite entschieden.

Aus einiger Entfernung ertönte ein kurzes, aber ehrliches Lachen. Maximilian von Neyher.

Er war vom Pferd gestiegen, kam nun näher, die Lederhandschuhe in der Hand, und betrachtete Julian mit einem höflichen Amüsement.

— Sie haben eine interessante Art, eine Niederlage zu akzeptieren, bemerkte er.

— Nur, wenn es nicht meine eigene ist, entgegnete Julian prompt.

Maximilian musterte ihn für den Bruchteil einer Sekunde – dann umspielte ein knappes Lächeln seine Lippen, das er nur für jene bereithielt, die seine Neugier weckten.

In den folgenden Tagen kreuzten sich Julians und Maximilians Wege immer wieder – zufällig, zumindest dem Anschein nach.

Die Salons der Oberschicht waren ein Labyrinth, in dem man sich begegnete, sich aus dem Weg ging und einander beobachtete. Julian wusste, dass er, wenn er in von Neyhers Welt eintreten wollte, weder den Kontakt erzwingen noch zu distanziert bleiben durfte.

Er spielte das Spiel mit Perfektion – sichtbar genug, um wahrgenommen zu werden, aber niemals aufdringlich.

Dann kam die Einladung. Ein privates Dinner im diskreten Salon eines Hotels im Stadtzentrum. Am Tisch versammelten sich einige der einflussreichsten Persönlichkeiten ihrer Zeit: Hjalmar Schacht, Präsident der Reichsbank, dessen Stimme in der deutschen Wirtschaft schwer wog. Franz von Mendelssohn, ein angesehener Frankfurter Bankier, Erbe einer prestigeträchtigen Dynastie, eine Brücke zwischen Industrie und Finanzwelt. Gustav Krupp von Bohlen und Halbach, mächtiger Industrieller, dessen Einfluss auf die Stahlindustrie ihm eine Schlüsselrolle in der deutschen Wirtschaft verlieh. Olga Tschechowa, eine deutsch-russische Schauspielerin, deren mondäne und rätselhafte Aura sowohl Bewunderung als auch Spekulationen hervorrief.

Julian wusste, dass er beobachtet wurde – getestet, gewogen. Er begriff rasch, dass Maximilian ihn nicht zufällig eingeladen hatte. Die Nacht schritt voran, und mit ihr veränderte sich die Atmosphäre auf eine kaum merkliche Weise. Die Lacher wurden gedämpfter, die Gespräche intimer.

Der Raum, anfangs erfüllt von den edlen Düften patinierten Leders, polierten Holzes und einem Hauch von Guerlain Jicky, dessen Lavendel- und Vanillenoten sich mit dem pudrigen Caron Narcisse Noir und der warmen Ledernote von Knize Ten vermischten, wurde nun vom schwereren Duft von Zigarren- und Zigarettenrauch eingenommen.

Der Rauch bildete wolkige Schleier unter den Kristalllüstern, warf tanzende Schatten auf die dunklen Holzvertäfelungen.

Das leise Klirren der Kristallgläser, die unterdrückten Stimmen, das flackernde Kerzenlicht, das flüchtige Blicke enthüllte – alles gehörte zu einer anderen Welt, einer Welt, in der die Grenze zwischen Realität und Illusion immer schmaler wurde.

Ein Pianist, halb verborgen hinter einer Säule, ließ seine Finger über die Tasten eines Steinway B gleiten. Ein improvisierter Jazz, träge und elegant, schwebte durch den Raum und verschmolz mit der allgemeinen Trunkenheit.

Hinter einem Mahagoniparavent verlief eine etwas vertraulichere Unterhaltung, durchsetzt von schweren Pausen. Dies war nicht bloß ein Fest. Es war eine Bühne der Macht, auf der jeder Blick so viel wog wie ein Wort. Julian verstand nun, dass diese Nächte weit mehr waren als bloße Vergnügungen.

Sie waren der Ort für stille Transaktionen, subtile Machtspiele, bei denen jeder unter der Maske der Unbekümmertheit schonungslos abwog und berechnete. Hinter jedem höflichen Lächeln verbarg sich eine Gelegenheit, eine Gefahr oder eine Schuld, die niemals offen beglichen wurde.

Julian hatte den Test mit Bravour bestanden.

Maximilian lud ihn nun immer häufiger ein – private Konzerte, exklusive Zirkel, geheime Zusammenkünfte, zu denen man nicht eingeladen wurde, sondern für die man sich qualifizieren musste.

Allmählich verwandelte sich die gegenseitige Faszination in Nähe.

Maximilian pflegte diese Ambivalenz mit Bedacht, testete Julians Grenzen, lockte ihn in subtilere Spiele, unausgesprochene Herausforderungen, in denen es um Vertrauen und Unterwerfung ging.

Im Laufe der Wochen entwickelte sich eine Dynamik zwischen ihnen – subtil und gefährlich. Julian, hinter seiner gespielten Gleichgültigkeit, wusste längst, dass er in einen gefährlichen Strudel geraten war. Aber er würde es nicht zeigen.

Er verstand, dass die einzige Möglichkeit, an Maximilians Seite zu bleiben, ohne zu einem bloßen Spielzeug zu werden, darin bestand, unerreichbar zu erscheinen.

Er bewegte sich vorsichtig, spielte mit dieser Anziehungskraft, wie man mit einem gespannten Faden spielt, der jederzeit reißen könnte. Doch das unsichtbare Band zwischen ihnen zog sich immer enger.

Maximilian versuchte, mit kalkulierter Zurückhaltung, ihn an sich zu binden.

Er hasste, was er nicht kontrollieren konnte – und Julian war ein Rätsel, das ihn ebenso faszinierte, wie es ihn aus dem Gleichgewicht brachte.

Er war es gewohnt, Menschen zu benutzen, sie nach seinem Willen zu formen – genau wie seine Unternehmen: Werkzeuge, die einem größeren Zweck dienten.

Aber mit Julian war es anders. Er sah in ihm mehr als ein bloßes Mittel zum Zweck.

Er wollte ihn halten, ihn an sich binden, ihm einen einzigartigen Platz zuweisen.

Julian war eine seltene Figur – eine Kraft, eine Intelligenz, ein Charme, der nicht nur Maximilians Einfluss stärken, sondern auch seine Macht verfeinern konnte.

Ein Partner, den er zu formen versuchte – aber dessen wahres Wesen ihm immer entgleiten würde.

Und doch störte ihn etwas. Julian ließ sich nicht in eine Rolle zwängen. Er widersetzte sich nicht direkt, aber er behielt eine behutsame Kontrolle, eine Art, sich zu geben, ohne sich jemals vollständig preiszugeben.

Maximilian liebte diese Spannung – dieses fragile Gleichgewicht, in dem keiner von beiden vollständig nachgab. Aber er wusste, dass eines Tages der Moment kommen würde, an dem das Gleichgewicht zerbrechen würde. An dem Ambivalenz nicht mehr ausreichen würde. Julian würde sich entscheiden müssen:

An Maximilians Seite bleiben – mit all den Konsequenzen. Oder verschwinden, bevor es zu spät war.

Und so kam es schließlich, dass Maximilian ihn in die Villa Neyher einführte.

Sein persönliches Reich. Eine Einladung, die weit mehr bedeutete als ein gesellschaftliches Privileg. Julian wusste, dass er eine unsichtbare Schwelle überschritten hatte. Dahinter gab es keinen Weg zurück.

Kapitel 6

Die Dämmerung hielt sich über der Stadt, während der Regen des Nachmittags eine feuchte Schwere in der Luft hinterließ und die Pflastersteine im Licht der Laternen glänzten.

Julian näherte sich der Villa Neyher, deren imposante Silhouette sich am Ende einer schattigen Allee abzeichnete.

Gelegen an der Ecke der Forsthausstraße und der Mörfelder Landstraße, an der Grenze zum Stadtwald, wirkte sie zugleich abgeschieden vom Getöse Frankfurts und doch tief verwurzelt in einer Welt, in der die Zeit anders verging.

Erbaut zu Beginn des 20. Jahrhunderts im neoklassizistischen Stil, zeichnete sich das Anwesen durch perfekte Symmetrie, imposante Säulen und eine helle Steinfassade aus.

Der Haupteingang, über eine massive Freitreppe erhöht, wurde von hohen Pilastern flankiert, während kunstvoll geschmiedete Laternen ein gedämpftes Licht auf die feuchten Steinplatten warfen. Große Fenster, eingerahmt von dunklem Holz, ließen nur erahnen, was sich hinter diesen Mauern verbarg – ein luxuriöses Refugium, abgeschirmt vor den Blicken der Außenwelt.

Die Villa strahlte eine unaufdringliche Erhabenheit aus – eine Eleganz, die weder prahlte noch nach Bestätigung suchte, sondern sich aus ihrer bloßen Existenz speiste.

Beim Betreten des Vestibüls umfing Julian eine gedämpfte Atmosphäre – ein Duft aus Bienenwachs, Leder und warmen Hölzern.

Eine große Eingangshalle, mit hellem Marmor ausgelegt, öffnete sich zu einer monumentalen Eichenholztreppe, deren kunstvoll geschnitztes Geländer zu den oberen Etagen führte.

Zu beiden Seiten führten hohe Türen mit Bronzeklinken in die großen Empfangssalons. Schwere Samtvorhänge rahmten die hohen Flügeltüren, die zum Park hinausgingen.

Die linke Flügelseite beherbergte eine Bibliothek, deren dunkle Holzvertäfelung den Raum in warmes Halbdunkel tauchte. Ein Raucherzimmer, in dem noch der Duft von blondem Tabak in den Polstern hing. Maximilian von Neyhers Büro, ein Raum von strenger Eleganz, mit dunklen Wandpaneelen und einer Atmosphäre, die ebenso einschüchternd wie faszinierend wirkte.

Die rechte Flügelseite beherbergte: Einen Speisesaal, dessen weiße, filigrane Stuckverzierungen einen eleganten Kontrast zu den dunklen Böden bildeten. Einen intimeren Salon, mit tiefblauen Wänden, gedämpft beleuchtet durch Art-déco-Lampen, die eine Atmosphäre aus Vertraulichkeit und Zurückhaltung schufen.

Hinter dem Anwesen, entlang einer verglasten Galerie, bot sich ein Blick auf den Garten.

Von dort führte ein Weg auf eine Steinterrasse mit Balustraden, die über eine gepflasterte Allee zu einem Wintergarten führte, in dem Orchideen und Zitruspflanzen kultiviert wurden.

Eine diskrete Seitenpassage, nur für Vertrauenspersonen zugänglich, führte zu einer separaten Treppe – ein Weg, der hinunter in die Küchen, den Weinkeller und das private Familienarchiv führte.

Das obere Stockwerk war den Privatgemächern vorbehalten. Julian wurde eine geräumige Suite zugewiesen – mit dunklem Holz vertäfelt, mit polierten Parkettböden und einem Balkon, der einen Blick auf den Park bot. Auf der anderen Seite des Korridors lag Maximilians Schlafzimmer. Ein Raum, der ebenso beeindruckend wie verstörend war.

Alles an ihm war darauf ausgelegt, zu dominieren, zu kontrollieren, zu beeindrucken. Kein Detail war dem Zufall überlassen. Das Bett, ein breites Modell aus dunklem Holz, war das einzige Möbelstück, das eine gewisse bürgerliche Tradition bewahrte. Nicht ornamental, nicht einladend – sondern schlicht und imposant durch seine massive, fast strenge Konstruktion. Die Kopfstütze aus lackiertem Holz, schlicht geschnitzt, fügte sich nahtlos in diese reduzierte Ästhetik. Keine überflüssigen Draperien, nur makellose Bettwäsche von tadelloser Qualität, straff gespannt, ohne eine einzige Falte.

Der Rest der Einrichtung stand im starken Kontrast zu diesem zentralen Element.

Inspiriert von der Bauhaus-Schule, waren die Möbel auf ihre funktionale Essenz reduziert, eine fast provokante Einfachheit. Ein Schreibtisch nach dem Vorbild Marcel Breuers, mit verchromtem Stahlgestell und schwarzer Lackplatte, zeichnete sich durch seine strengen Linien aus, frei von jeder Überladung.

Daneben stand ein Wassily-Stuhl aus schwarzem Leder, mit kantigen Armlehnen und einer tubulären Stahlkonstruktion, die die strenge, dominante Ästhetik noch verstärkte.

Ein Gleichgewicht aus Kühle, Schärfe und erschreckender Perfektion.

Die Wände, in tiefem Grau, absorbierten das Licht, anstatt es zu reflektieren, wodurch ein gedämpfter, fast unwirklicher Eindruck entstand. Kein Zierrat, keine sentimentalen Bilder.

Die einzige Ausnahme: eine brutal-abstrakte Komposition, in der scharfe Winkel und gewaltsame Farbkontraste die erbarmungslose Ordnung des Raumes durchbrachen. Ein genau kalkulierter Bruch in einer Welt, die bis ins letzte Detail orchestriert war.

Selbst das Licht war kontrolliert. Große Fenster boten einen unverstellten Blick auf die Allee und den vorderen Park – eine klare, dominierende Perspektive über das Anwesen.

Einstellbare Holzlamellen ließen sich auf den Millimeter genau regulieren, während wenige, strategisch platzierte Designlampen aus gebürstetem Stahl ein gedämpftes

Licht warfen, das die Kontraste zwischen den Materialien und glatten Oberflächen hervorhob.

Und dann war da der Duft. Subtil, aber allgegenwärtig. Eine seltene Essenz, vermutlich aus Paris mitgebracht.

Eine Melange aus Leder, blondem Tabak und einer Spur orientalischer Gewürze – eine Note, die ebenso faszinierend wie betörend war.

Die Stille in diesem Raum war besonders. Keine Spuren von Unachtsamkeit – kein Kleidungsstück, achtlos abgelegt. Kein aufgeschlagenes Buch auf einem Tisch.

Nichts, was einen Moment des Kontrollverlusts verriet. Alles hier war eine Verlängerung von Maximilian selbst: Beherrscht. Geordnet. Elegant. Aber zutiefst beunruhigend.

War dies ein Raum zum Beobachten – oder ein Raum, in dem man selbst beobachtet wurde?

Weiter oben, unter dem Dach, waren die Räume bescheidener. Einige dienten als Kammern für das Personal, andere, selten genutzt, als Lagerräume. Hier, fernab von der Opulenz der Salons im Erdgeschoss, herrschte eine andere Art von Präsenz – das sanfte, stetige Flüstern der Bediensteten, die die reibungslose Maschinerie des Hauses aufrechterhielten.

Die Villa Neyher war eine Festung der Erscheinungen. Ein Ort, an dem man empfing, entschied, manipulierte. Ein Haus, das – wie sein Besitzer – Geheimnisse hatte und sie in seinen dicken Mauern bewahrte.

Was Julians Aufmerksamkeit fesselte, war nicht die makellose Organisation des Hauses – sondern die auffallend geringe Anzahl an Personal angesichts der Größe und des Prestiges der Villa.

Ein Anwesen dieser Dimension hätte eine Armee von Bediensteten beherbergen müssen. Und doch war das Personal auf ein Minimum reduziert: Franzi und Elsa Bauer, zwei Zimmermädchen, die sich mit stiller Effizienz um Wäsche und Reinigung kümmerten. Johannes, ein junger Diener, ebenso geschickt darin, Champagner zu servieren wie diskrete Botengänge zu erledigen, stets mit einem Tablett oder einer Nachricht in der Hand. Karl Faber, der Verwalter – ein gedrungener Mann mit undefinierbarem Alter und fragwürdiger Vergangenheit, zuständig für die härteren Arbeiten: die Wartung der Fahrzeuge und gewisse „andere Angelegenheiten", über die man nicht sprach. Otto Lenz, der Butler, ein kühler Perfektionist, überwachte das gesamte Personal mit einer eisernen, methodischen Präzision. Gerda Hoffmann, die Köchin, lebte nicht im Haus. Jeden Morgen erschien sie mit sorgfältig ausgewählten Zutaten – als müsse jedes Detail genau abgewogen werden.

Bei großen Empfängen wurde zusätzliches Personal engagiert, das den Keller in fiebrige Betriebsamkeit versetzte. Doch außerhalb dieser Anlässe lag eine unnatürliche Stille über dem Haus. Jeder Winkel schien eine Vergangenheit zu bergen, über die niemand sprach.

Julian trat in eine Welt ein, in der alles auf Subtilität beruhte: die Gespräche, die Blicke, die unausgesprochenen Allianzen.

Maximilian wartete auf ihn in der Halle.

In einer Hand ein Schlüsselbund, in der anderen ein Glas Champagner.

Lässig lehnte er gegen die Kante einer Konsole, scheinbar entspannt – doch jeder Aspekt seiner Erscheinung verriet absolute Kontrolle. Sein marineblauer, doppelreihiger Anzug, makellos geschnitten, schmiegte sich mit berechneter Präzision an seine athletische Statur.

Seine Oxford-Schuhe aus poliertem, braunem Leder spiegelten das Licht, sein makelloser weißer Hemdkragen hob sich vorteilhaft gegen seine leicht gebräunte Haut ab. Eine perfekt arrangierte blonde Strähne fiel fast beiläufig in seine Stirn. Das Gold seiner Uhr fing gelegentlich das Licht des Kronleuchters ein – ein leises, unübersehbares Warnsignal.

Und dann seine Augen – ein tiefes, durchdringendes Blau, das ihn mit einer Intensität fixierte, die Julian unvorbereitet traf.

Eine plötzliche Hitze regte sich tief in ihm. Er unterdrückte das Andeuten eines Lächelns.

Maximilian streifte leicht seine Hand, als er ihm den Schlüssel überreichte – ein leises Lächeln auf den Lippen.

— Du wirst ihn brauchen, Julian. Du bist nicht mehr nur ein Gast.

Dieser Satz – er hatte ihn mehr erwartet, als er sich eingestehen wollte. Maximilians Stimme war weich, fast intim – doch in seinem Blick lag ein kaum verborgener Anflug von Besitzergreifung.

Johannes trat heran, nahm Julian die Koffer ab und führte ihn durch einen ruhigen Korridor, in dem nur das gedämpfte Echo ihrer Schritte auf dem Parkett zu hören war.

Als sich die Tür hinter ihm schloss, stellte Julian sein Gepäck ab und ließ seinen Blick durch das Zimmer gleiten, das nun das seine war.

Er war angekommen.

***

Die ersten Tage in der Villa Neyher glichen dem Eintauchen in eine Welt, die von unausgesprochenen Regeln und subtilen Machtspielen bestimmt wurde. Julian verstand schnell: Hier wurde alles verhandelt.

Man sprach nie direkt über Einfluss oder Dominanz – und doch waren sie überall. In einem kurzen Blickwechsel, in einem scheinbar harmlosen Kommentar über die Finanzmärkte, in einem Händedruck, der einen Sekundenbruchteil zu lange dauerte. Er beobachtete, hörte zu, passte sich an. In diesem Strudel aus Gesellschaftsspielen und versteckten Hierarchien gab es jedoch eine einzige Person, die ihn an sein wahres Selbst erinnerte: Charlotte von Lingen.

Manchmal trafen sie sich in einem diskreten Café, fernab der Kreise der Villa, oder sie spazierten stundenlang durch den Grüneburgpark, abgeschirmt vom Lärm und den zur Schau getragenen Ambitionen.

Eines Nachmittags, während sie eine von Linden gesäumte Allee entlanggingen, blieb Charlotte plötzlich stehen.

Mit einem schiefen Lächeln musterte sie Julian.

— Weißt du, vor ein paar Jahren gab es eine Frau, die in der Gunst eines sehr mächtigen Industriellen stand.

Julian erkannte den Hauch von Schalk in ihrem Blick – aber darunter lag etwas anderes.

— Und?

— Und… sie hat zu gut zugehört.

Sie verschwand. Einfach so.

Ihr Ton war leicht, fast amüsiert, als wäre es nur eine belanglose Gesellschaftsanekdote.

Aber ihr Blick war ernst.

Sie wollte ihm etwas deutlich machen.

— Du meinst, ich sollte diskreter sein? fragte Julian mit ironischer Gelassenheit.

Charlotte sah ihn noch einen Moment an. Dann wandte sie den Blick ab.

— Ich meine, du solltest wissen, wann du aufhören musst.

Ihr letzter Blick war betont intensiv– eine unausgesprochene Warnung. Dann ging sie weiter. Charlotte kannte die Regeln dieses Spiels besser als jeder andere. Sie mochte Julian. Aber sie wusste auch, dass hier niemand unersetzlich war.

***

Die Feste in der Villa Neyher reihten sich weiter aneinander. Genauso wie die kurzen Aufenthalte in London, Paris und Nizza. Man sprach über die Krise, die Deutschland erschüttert hatte, über Restrukturierungen, über neue Chancen, die sich auftaten. Doch die wirklichen Allianzen entstanden nicht bei diesen Empfängen oder Partys. Sie wurden an den Jagdwochenenden in Königstein geschmiedet – auf dem alten Familiengut von Maximilian.

Das Anwesen, eingebettet in die Hügel des Taunus, erstreckte sich über mehrere Hektar Wald und Wiesen – abgelegen, geschützt. Zwischen Jagdausflügen und sorgfältig inszenierten Mahlzeiten im Jagdpavillon kamen Industrielle und Finanzmagnaten in aller Diskretion zusammen. Hier wurde verhandelt. Hier wurden Vereinbarungen getroffen, Verbindungen geknüpft und Beziehungen gefestigt– fernab der neugierigen Blicke der Außenwelt.

Es war hier, zwischen edlen Gewehren und funkelndem Kristall, dass Julian Friedrich von Schönberg kennenlernte. Ein gefallener Aristokrat – zurück aus dem Exil nach dem Untergang des Kaiserreichs, mittellos und ehrgeizig, bereit, sich in der Finanzwelt eine neue Existenz aufzubauen, ohne Skrupel oder Gewissensbisse. Er war ein gutaussehender Mann von mittlerer Statur, mit sorgfältig frisierten schwarzen Haaren und diesem beunruhigenden Charme jener Männer, die sich ihrer Wirkung zu bewusst sind. Die Art von Schönheit, die weder Vertrauen erweckte noch leicht zu vergessen war.

Schon beim ersten Treffen taxierte Friedrich ihn mit einem kühlen Blick – einem Hauch von unmerklicher Herablassung in den Zügen. Diese Art von Arroganz, die Männer seines Standes jenen vorbehalten, deren Herkunft sie nicht zweifelsfrei einordnen können.

— Ich habe viel über Sie gehört, von Bergen, bemerkte er mit einem schneidenden Tonfall.

—Ich hoffe, nur Schmeichelhaftes, erwiderte Julian mit gewohnter Gelassenheit.

—Sagen wir… es war lehrreich.

Von da an begann Schönberg, Sticheleien einzustreuen. Sarkastische Bemerkungen, vergiftete Anspielungen. Julian war nicht naiv – Friedrich sah ihn als Eindringling. Als einen Rivalen in einer Welt, in die er selbst verzweifelt zurückkehren wollte. Das Jagdwochenende wurde zur perfekten Gelegenheit, um Grenzen auszuloten.

Julian war kein erfahrener Jäger, und er empfand keinerlei Freude daran, auf ein Tier zu schießen. Maximilian, amüsiert, bestand darauf, dass er teilnahm.

Friedrich warf ihm einen herausfordernden Blick zu.

— Sehen wir doch mal, ob adliges Blut in Ihren Adern fließt, von Bergen, oder ob Sie nur ein eleganter Salonlöwe sind.

Julian nahm das Gewehr und tat, was von ihm erwartet wurde. Die Treibjagd begann. Er folgte den anderen Männern durch den feuchten Wald und versuchte, sich unauffällig in das Geschehen einzufügen.

Dann, im Bruchteil einer Sekunde, sprang ein Hirsch zwischen den Bäumen hervor. Julian legte an – unbeholfen – und drückte ab.

Der Schuss löste sich. Und streifte Friedrich von Schönberg.

Seine Jacke riss an der Schulter auf.

Friedrich erstarrte. Sein Blick verdunkelte sich, seine Gesichtszüge waren angespannt – zwischen Wut und einer neu erwachten Vorsicht.

— Soll ich das als einen subtilen Versuch der Eliminierung verstehen oder einfach als mangelndes Talent? sagte er kühl, sichtlich irritiert.

Julian hielt seinem Blick stand und erwiderte mit einem ruhigen Lächeln:

— Wenn ich Sie hätte treffen wollen, von Schönberg, glauben Sie mir – ich hätte nicht verfehlt.

Ein angespannter Moment entstand.

Dann brach Maximilian in schallendes Lachen aus und durchbrach die Spannung.

— Mein lieber Friedrich, du solltest dich eher geschmeichelt fühlen. Nur wenige Männer können von sich behaupten, Julians Ungeschicklichkeit überlebt zu haben!

Die übrigen Gäste lachten mit. Friedrich lächelte gezwungen, doch Julian wusste, dass er das nicht vergessen würde. Er hatte seine Aufmerksamkeit erregt. Und das war vielleicht keine gute Sache.

***

Das Familienunternehmen von Maximilian erstreckte sich über mehrere strategische Bereiche des schwerindustriellen Sektors: die Lieferung von Werkzeugen und Maschinenteilen für den Bergbau und die Metallindustrie, die Produktion von Sprengstoffen und Zündern für Bergwerksbetriebe sowie die Herstellung von Waggons und Motoren für die industrielle Eisenbahn.

Seit der Krise von 1929 gerieten diese einst florierenden Branchen ins Wanken. Die Aufträge der großen Bergbaugesellschaften gingen zurück, die Nachfrage nach Stahl sank, und einige Auslandsgeschäfte wurden ausgesetzt. Die Banken verschärften ihre

Kreditbedingungen und schwächten so zusätzlich jene Industriellen, die auf externe Finanzierungen angewiesen waren.

Im Schatten positionierten sich neue Akteure. Noch war nichts offiziell, doch in den bestinformierten Wirtschaftskreisen zirkulierten bereits erste leise Signale. Es war von bevorstehenden Aufträgen die Rede, von künftigem Bedarf an strategischen Materialien. Einige halbstaatliche Institutionen begannen, vorsichtig das Terrain zu sondieren.

Die ersten Annäherungen verliefen diskret: ein Mittelsmann hier, eine halb vertrauliche öffentliche Ausschreibung dort. Nach und nach wurden die Absichten klarer. Unternehmer aus dem Umfeld der radikalen Rechten ließen durchblicken, dass die Zukunft jenen gehören würde, die den Umbruch vorauszusehen wussten.

Maximilian wusste, dass er sich keine Verzögerung leisten konnte. Seine Schulden häuften sich, und einige Gläubiger wurden zunehmend ungeduldig. Er brauchte Kapital, musste seine Position sichern und sich vor allem einen Vorsprung sichern.

Maximilian wusste auch, dass Julian ein natürliches Talent hatte, Menschen zu durchschauen und Situationen zu lenken. Sein Charme, seine Intelligenz und sein Instinkt erlaubten es ihm, sich in den exklusivsten Kreisen zu bewegen, ohne jemals fehl am Platz zu wirken.

Eines Abends, als sie allein im Rauchsalon waren, stellte Maximilian sein Glas auf den Tisch und fixierte Julian lange, als würde er jedes Wort abwägen, bevor er sprach.

— Es ist an der Zeit, dass du dich nützlich machst, Julian.

Julian lehnte sich in seinem Sessel zurück und ließ sein eigenes Glas gedankenverloren zwischen den Fingern kreisen, bevor er mit gespielter Leichtigkeit antwortete:

— Ich dachte, das wäre ich bereits.

Maximilian lächelte leicht. Er mochte dieses Spiel mit subtiler Ironie. Aber an diesem Abend lag in seinem Blick eine ungewohnte Ernsthaftigkeit.

— Nicht genug. Er machte eine kurze Pause, strich mit den Fingerspitzen über den Rand seines Glases. Es gibt Männer, die du treffen musst.

Julian zog eine Braue leicht nach oben, stellte aber keine Fragen. Er wusste, dass Maximilian es vorzog, zu sehen, wie weit er verstand, ohne dass man ihm alles erklären musste.

— Und wenn sie nicht mit mir sprechen wollen? fragte er schließlich.

— Dann sorge dafür, dass sie es wollen.

Eine angespannte Stille entstand. Dann erhob sich Maximilian langsam, ging zu einem Mahagonisekretär und zog eine lederne Schatulle sowie einen versiegelten Umschlag hervor.

— Komm mit.

Julian folgte ihm durch die Villa bis zur Garage. Dort blieb Maximilian vor einem mit einer Plane bedeckten Wagen stehen, reichte ihm den Umschlag und zog mit einer schnellen Bewegung den Stoff zur Seite.

Zum Vorschein kam ein Mercedes 370 S Cabriolet Mannheim – schwarz, makellos poliert, eine elegante Silhouette, geschaffen, um die Straße mit Kraft und Anmut zu beherrschen.

— Er gehört dir.

Julian nahm den Umschlag, öffnete ihn ohne Hast und zog einen Kfz-Schein heraus – auf seinen Namen ausgestellt. Er ließ seinen Blick zu Maximilian gleiten, auf eine Erklärung wartend.

— Du bist ein Mann von Einfluss, Julian. Es muss auch so aussehen.

Ein Geschenk? Nein. Julian war nicht naiv. Das war keine Geste der Großzügigkeit. Es war ein Werkzeug. Ein Wagen mit Status – beeindruckend, aber nicht protzig, dafür geschaffen, ihm in Verhandlungen Gewicht zu verleihen. Dann reichte Maximilian ihm die Lederschatulle. Julian öffnete sie und entdeckte darin eine Jaeger-LeCoultre Reverso. Er ließ seine Finger über das rechteckige Gehäuse gleiten.

— Einer meiner Uhrmacher sagte mir, dass dieses Modell für Polospieler entworfen wurde.

Maximilian hielt inne, betrachtete Julian mit einem amüsierten Blick.

— Ich denke, du wirst sie gut zu nutzen wissen.

Julian befestigte die Uhr an seinem Handgelenk, passte den Verschluss an und sah Maximilian mit einem leichten Lächeln an.

— Du gibst mir die Waffen eines Botschafters.

— Sagen wir lieber, ich gebe dir die Mittel, um effizient zu sein.

Julian verstand die Botschaft sofort. Das war kein Geschenk. Es war eine Investition. Er war nicht mehr nur Maximilians Schatten – er wurde sein inoffizieller Vertreter. Seine Aufgabe war es, Investoren anzulocken, Chancen zu bewerten und Schlüsselpersonen zu erreichen. Doch hinter diesem scheinbaren Aufstieg begann Julian Risse zu erkennen.

Nicht durch direkte Geständnisse – Maximilian zeigte niemals Schwäche –, sondern durch Details, Andeutungen in Gesprächen, belastete Stille.

Einige Gläubiger wurden drängender, Rechnungen blieben länger unbezahlt. Eines Nachts, als Julian spät von einem Empfang zurückkehrte, fand er Maximilian allein im Rauchsalon, ein Glas in der Hand, Briefe von Gläubigern verstreut auf dem Couchtisch.

Als Julian eintrat, sammelte Maximilian die Papiere mit einer beiläufigen Bewegung ein – doch Julian bemerkte den Anflug von Erschöpfung, den er sonst nie zeigte. Neue Gäste tauchten in der Villa Neyher auf. Ungewohnte Gesichter – Männer mit prüfenden Blicken, verschlüsselten Gesprächen. Sie waren keine klassischen Industriellen, keine üblichen Finanzleute.

Ihre Worte deuteten auf weitaus tiefere Interessen hin, auf Entscheidungen von Gewicht, deren Tragweite Julian noch nicht ganz verstand. Früher sprach man über Chancen, Allianzen, Expansion. Jetzt sprach man über Überleben, Entscheidungen, Gefahren.

Eines Abends, als Julian einen Korridor entlangging, hörte er eine Stimme – scharf und bestimmt – aus dem nur leicht geöffneten Büro von Maximilian.

— Wir müssen handeln, bevor es zu spät ist.

Die Stille danach wog schwerer als die Worte selbst. Julian wusste noch nicht, wie weit das alles gehen würde. Aber eines war sicher: Die Welt, in der er sich zu bewegen gelernt hatte, war im Begriff, sich radikal zu verändern.

***

Der Sommer 1932 war nicht durchgehend grau. Es gab Lichtblicke, kurze Fluchten aus dem Alltag. Wochenenden der Ruhe, improvisierte Tennisturniere auf privaten Anwesen, Picknicks, die zu perfekt waren, um harmlos zu sein.

An jenem Tag in Baden-Baden roch die Luft nach warmem Kreidestaub, frisch geschnittenem Gras und Leder. Die Pferde trabten noch über das Feld, begleitet von träge applaudierenden Händen, während das letzte Polospiel im schrägen Sonnenlicht zu Ende ging.

Maximilian stand am Spielfeldrand, trug ein Hemd aus ungebleichtem Leinen, dessen Ärmel er hochgekrempelt hatte, und eine makellos weiße Bundfaltenhose. Die hellen Lederhandschuhe, vom Staub gezeichnet, baumelten achtlos zwischen seinen Fingern.

Julian saß noch im Sattel, ließ das Pferd langsam kreisen, die Stiefel verstaubt, das Haar zerzaust, die Stirn von Schweiß glänzend. Er lächelte – ein Lächeln, das man wochenlang nicht mehr gesehen hatte.

In der Nähe des Pavillons lachten die Frauen. Eine Blondine im blassrosanem Musselinkleid fächelte sich mit einem elfenbeinfarbenen, perlmuttverzierten Fächer Luft zu. Eine andere, brünett, im rückenfreien Kleid in Celadon-Grün, rauchte mit bedachter Langsamkeit eine Gitane. Ihre Arme waren schlank, leicht gebräunt. Ihre Parfums lagen schwer in der warmen Luft – ein Gemisch aus Veilchen, Leder und Reispuder.

Jemand goss Weißwein in einen gehämmerten Silberkühler. Das Klirren von Metall auf Glas übertönte kaum das Rufen der letzten Spieler.

— Er ist wirklich unerträglich, wenn er gewinnt, sagte eine der Frauen halblaut und deutete auf Julian.

— Genau deshalb ist er unwiderstehlich, entgegnete die andere, ohne den Blick abzuwenden.

Unter der Pergola reihten sich Gläser mit Gin Tonic auf einer bestickten Leinentischdecke, zwischen Tellern mit frischen Radieschen, noch feuchten Erdbeeren und kleinen dreieckigen Sandwiches, die noch keine Hand zu berühren gewagt hatte.

Maximilian ließ sich langsam in einen Rattansessel sinken, die Arme auf die Lehnen gelegt, ein zusammengerolltes Handtuch im Nacken. An seinem Handgelenk glänzte seine Uhr im goldenen Abendlicht.

Er betrachtete Julian, der gerade vom Pferd gestiegen war, noch außer Atem, das Hemd an der Brust klebend, die Stiefel schwer von Erde. Er hatte diesen freien, fast herausfordernden Ausdruck, der allen gefiel – vor allem jenen, die es niemals zugeben würden.

Nicht weit entfernt sprang eine Gestalt mit eleganter Leichtigkeit in ein Horch 670 Sport-Cabriolet, lackiert in einer Farbe zwischen Jade und Mandelgrün, glänzend in der Sonne, das beigefarbene Verdeck sorgfältig zurückgefaltet.

Es war Gräfin Nadja von Hohenfels, berühmt für ihre Auftritte – und noch berühmter für ihre Abgänge. Ihr kastanienbraunes Haar war zu einem hohen Nackenknoten gesteckt, gehalten von einer mattsilbernen Art-Déco-Spange. Ihr weißes Seidenkleid umspielte ihre perfekt geformten Beine. In der einen Hand hielt sie ihren Hut, während sie mit der anderen selbstbewusst das Lenkrad ergriff – ihr Begleiter, ein gebräunter ehemaliger Tennisspieler mit makellosem Kinn und zweifelhafter Vergangenheit, ließ sich lässig auf dem Beifahrersitz nieder.

Mit einem kurzen, trockenen Ruck sprang der Zwölfzylinder an – ein dumpfes, gedämpftes Grollen. Dann schoss der Wagen nach vorn und ließ den Schotter in alle Richtungen spritzen. Sie lachte auf, ließ eine Spur von Parfum zurück – blumiges Leder und Jasmin. Ein Tablett geriet ins Wanken, ein Glas drohte zu fallen. Niemand sagte etwas.

Der Staub des Horch hatte sich kaum gelegt, da trat Julian an Maximilian heran, seine Stiefel versanken leise im Kies. Er trug dieses Siegerlächeln, das er sich für jene Partien aufhob, bei denen es nie wirklich um den Sieg ging.

— Hast du mich absichtlich gewinnen lassen, oder warst du einfach nur langsam? warf Julian ihm hin, im Vorbeigehen.

— Ich lasse dich ab und zu gern ein bisschen glänzen, antwortete Maximilian, die Augen hinter seiner Sonnenbrille mit Hornrahmen geschlossen.

Ein leises Lachen. Jemand legte eine Platte auf. Ein altes Grammophon begann sich langsam zu drehen: amerikanischer Jazz, gedämpft von der Hitze. Eine Hand strich flüchtig über einen nackten Knöchel – ohne zu verweilen. Und der Nachmittag löste sich auf in einem goldenen Flimmern.

Es war einer der letzten Tage, an denen man unbedarft lachte. Einer der letzten Sommer, in denen die Welt – so zerbrechlich sie auch war – noch leuchtete.

Kapitel 7

Frühling 1933.

Seit dem Reichstagsbrand hatte sich das Land in sich selbst zurückgezogen. Die Zeitungen berichteten von Ausnahmegesetzen, von Unternehmen, die unter Druck gesetzt wurden. Doch für Maximilian war die drängendste Bedrohung nicht politischer Natur — sie war finanzieller Art. Seine Gläubiger wurden ungeduldig, einige Rückzahlungen waren längst überfällig, und bloße Versprechungen reichten nicht mehr aus. Diese Reise nach New York war keine Wahl, sondern die letzte Möglichkeit.

Alles war bis ins kleinste Detail geplant worden: sorgfältig abgestimmte Termine, strategische Abendessen, Einführungen in die New Yorker Geschäftskreise. Diese Reise war überlebenswichtig. Das letzte Argument, um seine Gläubiger zu überzeugen — um zu retten, was noch zu retten war.

In Bremerhaven gingen sie an Bord der SS Bremen, dem Stolz der Norddeutscher Lloyd. 286 Meter lang, angetrieben von über 135.000 PS, hatte der Ozeandampfer 1929 das Blaue Band für die schnellste Atlantiküberquerung gewonnen. Eine leise Ironie: Diese technische Meisterleistung fiel beinahe zeitgleich mit dem Börsenkrach von Wall Street zusammen – dessen Erschütterungen die deutsche Wirtschaft zerbrechen und nach und nach ihre politischen Fundamente ins Wanken bringen sollten. Jetzt aber war diese transatlantische Verbindung kein Triumph mehr. Sie trug den Nachhall einer letzten Hoffnung in sich – als wolle die Geschwindigkeit selbst dem zuvorkommen, was längst im Gange war.

Fernab der Sorgen des alten Kontinents begegnete man dort Industriellen auf der Suche nach neuen Möglichkeiten, Künstlern, die der europäischen Tristesse entfliehen wollten, und Diplomaten, die – unter dem Deckmantel gesellschaftlicher Anlässe – bereits die Machtverhältnisse von morgen verhandelten.

Julian beobachtete alles. Das allzu breite Lächeln der Anwesenden, die stockenden Sätze, die scheinbar belanglosen Gespräche – all das war durchzogen von unausgesprochenen Interessen. Doch was ihn am meisten traf, war Maximilian.

Er schlief nicht mehr. Seine Nächte bestanden aus endlosen Kartenspielen, unzähligen Gläsern Whisky und ziellosen Streifzügen über das Deck. Er war nicht nur besorgt. Er war auf der Flucht.

Eines Abends, als Julian ihn in der Bar auf dem ersten Deck aufsuchte, fand er ihn am Fenster, den Blick auf das Meer gerichtet, ein unberührtes Glas vor sich.

— Willst du fliehen oder Zeit gewinnen? fragte Julian.

Maximilian lächelte. Ein leeres, lebloses Lächeln.

— Schließt das eine das andere aus?

***

Maximilian erwartete keine herzliche Begrüßung in Amerika. Hitlers Aufstieg begann die Finanzelite zu beunruhigen, doch die Reaktionen waren noch gespalten. In einen deutschen Industriellen zu investieren bedeutete, sich einer ungewissen Zukunft auszusetzen.

Aber er hatte nicht erwartet, dass sich die Türen verschließen würden, noch bevor er sie überhaupt erreichte. Kaum in New York angekommen, wurde eine brutale Realität offensichtlich: Sein Name kursierte bereits in den Geschäftskreisen – aber nicht aus den richtigen Gründen. In den gedämpften Salons von Wall Street und bei den privaten Dinners im Waldorf-Astoria war Maximilian nicht willkommen.

Seine Schulden in Paris und London hatten den Atlantik schneller überquert als er selbst. Manche raunten sogar, er habe heimlich Unternehmensanteile verkauft, um gigantische Spielverluste zu decken.

Seine Exzesse waren bekannt. Der Alkohol, die endlosen Nächte, die fragwürdigen Bekanntschaften. Und dann waren da die Gerüchte. Geflüster über seine männlichen Beziehungen. Was in Deutschland noch vertuscht werden konnte, machte ihn hier untragbar. Die amerikanischen Investoren hielten ihn für zu instabil. Zu unberechenbar. Zu riskant.

Maximilian war eine tickende Zeitbombe. Das Urteil fiel, ohne dass ein einziger Vertrag unterzeichnet wurde. 1933 war Maximilian kein Mann, in den man investierte.

Julian hatte seine Bruchstellen schon immer gespürt, aber Maximilian verstand es meisterhaft, sie zu verbergen. Seine kalte Selbstsicherheit und sein Charisma ließen alles glaubhaft erscheinen: Die Schulden waren nur Gerüchte, die Exzesse bloß eine Leidenschaft für Vergnügen, das Chaos um ihn herum eine Illusion. Doch in New York fielen die Masken.

Sie waren im Waldorf-Astoria abgestiegen, wo sich die Mächtigen der Welt die Klinke in die Hand gaben. Doch was ein Zufluchtsort sein sollte, wurde zu einem goldenen Käfig. Anonyme Briefe begannen einzutreffen, unter ihrer Tür hindurchgeschoben. Gläubiger forderten sofortige Rückzahlung. Eines Nachts wartete ein Mann mit kaltem Blick in der Hotellobby auf Maximilian. Er sagte nichts. Er sah ihn nur an – mit einem leichten, schiefen Lächeln – bevor er verschwand.

Maximilian zerbrach. Er trank noch mehr. Schlief noch weniger. Julian wusste, dass er etwas verbarg. Und er entdeckte es durch Zufall. Eines Abends, als er früher als erwartet von einem misslungenen Dinner zurückkehrte, fand er Maximilian in ihrer Suite. Er saß auf der Sofakante, den Blick ins Leere gerichtet. Sein Atem langsam, ungleichmäßig. Auf dem Couchtisch: Ein kleines, offenes Fläschchen. Eine Ampulle Morphium. Ein halbvolles Glas.

Er wusste, dass er trank. Er hatte immer geahnt, dass er noch etwas anderes nahm. Aber ihn so zu sehen – zerstört, ausgelöscht – war eine ganz andere Realität. Julian schloss die Tür leise.

Er blieb stehen, einen Moment lang, und beobachtete ihn in der Dunkelheit. Er hätte sich nähern können. Er hätte sprechen können. Er tat nichts. Eines Abends, nach einer weiteren Absage, explodierte Maximilian.

— Sie wollen mich nicht. Sie verachten mich. Sie denken, ich bin am Ende.

Julian schwieg.

Er sah einen Mann am Rande des Abgrunds.

Und er sagte – kalt, ungerührt:

— Vielleicht, weil sie recht haben?

Ein Faustschlag. Ein plötzlicher Funke aus Wut in Maximilians Augen. Dann verließ er die Suite – ohne ein Wort. Zum ersten Mal verstand Julian, dass nichts mehr sein würde wie zuvor.

***

Als sie an Bord der SS Bremen gingen, um nach Deutschland zurückzukehren, war Maximilian nicht mehr derselbe Mann. Und genau dort, mitten auf dem offenen Ozean, nahm alles eine entscheidende Wendung. Eines Abends, im großen Salon des Ozeandampfers, trat ein Mann an ihren Tisch. Er stellte sich schlicht vor:

— Kaspar von Hellenbach.

Julian kannte diesen Namen. Ein diskreter, aber einflussreicher Mann, der im Schatten des Regimes wirkte. Das Gespräch war kurz. Keine Drohungen. Keine langen Reden. Nur ein einziger Satz, ausgesprochen mit neutralem Tonfall:

— Es ist an der Zeit, zur Vernunft zu kommen. Wir werden Ihnen die Stabilität geben, die Sie suchen, Herr von Neyher.

Julian sah, wie Maximilians Blick für eine Sekunde ins Wanken geriet. Er verstand, dass es kein Zurück mehr gab. Und er verstand auch, dass Maximilian seinen Weg nicht mehr selbst wählen konnte – und dass er ihn mit sich ziehen würde.

Kapitel 8

Frankfurt, Herbst 1933.

Die Straßen hallten wider von Marschtritten und Reden, die aus Lautsprechern an den Straßenlaternen schallten. Die Schaufenster jüdischer Geschäfte waren mit wütenden Parolen beschmiert, einige Vitrinen eingeschlagen – und doch herrschte eine lautlose Gleichgültigkeit. Deutschland veränderte sich. Und Maximilian veränderte sich mit ihm.

Doch in der Villa Neyher tat man so, als wäre nichts geschehen. Der Service blieb makellos. Frische Blumenarrangements schmückten die Salons – Pfingstrosen und blassrosa Rosen, die sanfte Farbakzente in der eleganten Einrichtung setzten. Der Bechstein-Flügel im großen Saal erklang noch immer unter den Fingern eingeladener Virtuosen. Schumann. Wagner. Strauss. Eine Musik, machtvoll, monumental, ein Echo nationaler Stolzbekundung, das stärker klang als je zuvor. Die Dinners zogen sich hin – in einer Nonchalance, die fast unanständig wirkte. Man sprach über Malerei, über Literatur. Über die Wiedergeburt Deutschlands unter einer „starken Hand". Über die Notwendigkeit einer neuen Ordnung. Man wollte glauben, dass man außerhalb der Zeit, fernab des Sturms existieren konnte. Doch alles hatte sich bereits verändert. Die Gäste waren nicht mehr dieselben. Die vertrauten Gesichter waren verschwunden. Die kühnen Poeten, die bohèmehaften Künstler, die provokanten Intellektuellen, die noch vor wenigen Jahren die

Grenzen des gesellschaftlichen Anstands herausforderten – sie waren fort.

An ihrer Stelle saßen nun Männer in braunen Uniformen, schweigsame, besorgte Industrielle, hohe Beamte des Reichswirtschaftsministeriums, Offiziere der SS-Wirtschaftsverwaltung. Aristokraten, darauf bedacht, ihre Privilegien nicht zu verlieren.

Eines Abends, während eines Dinners im großen Saal, setzte sich ein Mann neben Maximilian. Er hieß Wilhelm Drexler, ein Bürokrat aus dem Wirtschaftsministerium.

Makelloser Anzug, steife Haltung, ein Blick, der zu viel sah. Julian fing einige Worte auf, kühl und distanziert ausgesprochen:

— Die Stabilisierung ist notwendig. Schädliche Elemente müssen beseitigt werden.

Stille. Julian stellte sein Glas langsam auf den Tisch. Sein Blick traf Charlottes. Sie wusste genau, was hier geschah. Später, in der Bibliothek, zwischen Regalen voller Erstausgaben von Goethe und Schiller, zündete sie sich eine Zigarette an und sah ihn nachdenklich an.

— Du spielst mit der Zeit, Julian.

Er lehnte sich in den Ledersessel zurück, ein Negroni in der Hand. Er zuckte nur leicht die Schultern.

— Ich habe nicht das Gefühl, eine andere Wahl zu haben.

Sie klopfte die Asche ihrer Zigarette in einen Kristallaschenbecher und sah ihm dann direkt in die Augen.

— Glaubst du wirklich, dieses Spiel wird ein gutes Ende nehmen?

Stille. Julian lächelte leicht. Aber er gab keine Antwort.

Kapitel 9

Julian passte sich an. Zumindest versuchte er es. Er trug weiterhin seine makellos geschneiderten Anzüge, richtete seine Manschetten mit gewohnter Präzision und zeigte bei gesellschaftlichen Anlässen dieses distanzierte, kontrollierte Lächeln. Er schüttelte Hände. Er nickte bei offiziellen Reden. Er hörte zu, sprach wenig, lachte, wenn es erwartet wurde. Doch in seinem Inneren begann etwas zu bröckeln. Er war noch da. Aber ein Teil von ihm verblasste.

Er folgte dem vorgegebenen Rhythmus. Er stolperte nicht. Aber er lebte nicht mehr wirklich. Seine einzige Flucht waren jene kurzen Episoden, wenn Charlotte ihn in eine ihrer Launen entführte.

Eine Anprobe in einer luxuriösen Boutique in der Kaiserstraße, ein Besuch bei seinem Schneider oder seinem Lieblingsjuwelier. Orte, an denen man noch Seidenstoffe aus Paris bestellte, als würde die Welt nicht gerade ins Wanken geraten. Momente, in denen alles noch leicht erschien — beinahe normal.

An einem Nachmittag, während er geduldig wartete, an einen Samtsessel gelehnt, trat Charlotte plötzlich aus dem Vorhang der Umkleidekabine – gekleidet in ein skandalös modernes Kleid: ein gerader, strenger Schnitt, wie man ihn sonst nur in Modezeitschriften sah.

Die Luft um sie war durchdrungen von ihrem Parfum, Chanel N°5 – ein Duft, unter Tausenden erkennbar, ein sorgloser Luxus in einer Welt, die rau und hart geworden war. Sie blieb vor ihm stehen, zog eine Braue hoch.

— Na? Sehe ich aus wie eine Femme Fatale oder wie ein textiles Desaster?

Julian tat so, als würde er sie ernsthaft mustern, strich sein Jackett glatt und sagte mit gespieltem Ernst:

— Kommt ganz darauf an – willst du einen Botschafter verführen oder ihn zur sofortigen Abreise bewegen?

Charlotte brach in schallendes Lachen aus, was der Verkäuferin einen entsetzten Blick entlockte.

So war es zwischen ihnen. Ein Spiel, eine Komplizenschaft mit einem Hauch von Ironie. Er hörte ihr zu, wenn sie von Seide sprach, von Pariser Trends oder vom perfekten Schnitt eines Mantels – als hätte all das noch irgendeine Bedeutung. Er ließ sich darauf ein, lachte manchmal, spielte mit – ein Moment der Illusion.

Doch er wusste, dass all das nur eine fragile Kulisse war – absurde, flüchtige Momente in einer Welt, die mehr und mehr zerfiel. Und nichts davon konnte länger verbergen, dass der Wandel, der zunächst schleichend und lautlos begonnen hatte, nun mit brutaler Deutlichkeit spürbar wurde.

Er traf nicht mehr nur Unbekannte. Er erreichte inzwischen auch seinen eigenen Freundeskreis.

Elias Rosenfeld gehörte dazu. Ein angesehener Kunsthändler, ein feinsinniger und belesener Mann, der

Julian beigebracht hatte, Meisterwerke zu erkennen – und zu verstehen, was ein Gemälde groß machte. Julian erinnerte sich noch genau an jene langen Abende in Elias heller Wohnung an der Bockenheimer Landstraße, wo dieser ihm seine Neuerwerbungen zeigte – mit einer zurückhaltenden, fast schüchternen Form von Stolz.

Er war es, der ihm beigebracht hatte, den Pinselstrich eines Soutine zu erkennen, den typischen Firnis eines Rembrandt, eine Leinwand, die eine Seele hatte. Bei einem Empfang hatte Julian versucht, mehr zu erfahren. Ein Gast zuckte mit den Schultern – ein erstarrtes Lächeln auf den Lippen.

— Haben Sie etwas von Rosenfeld gehört?

— Er ist nach Paris gegangen!

Julian sagte nichts. Er wusste, dass das nicht stimmte. Männer wie Elias verschwanden nicht einfach – nicht ohne ein Wort, nicht ohne einen Abschied.

Einige Tage später war er zur Galerie in der Schillerstraße gegangen, um sich Gewissheit zu verschaffen über das, was er längst geahnt hatte. Und er sah es mit eigenen Augen.

Leere Schaufenster. Die Wände – kahl –, doch noch gezeichnet von den Umrissen der verschwundenen Rahmen. Auf dem Boden Fetzen zerrissener Leinwände, zertreten, achtlos zurückgelassen. Alles war weg.

Aber das war nicht das Schlimmste. Das Schlimmste war: Auch Elias war verschwunden. Kein Wort. Keine Spur.

Julian stand wie erstarrt vor diesem trostlosen Anblick. Zum ersten Mal sah er die Gewalt des Wandels mit eigenen Augen.

Die Luft war von Paranoia gesättigt. Die letzten jüdischen Freunde verschwanden – ohne Erklärung. Diejenigen, die blieben, wurden leise, bewegten sich mit gesenktem Blick, auf leisen Sohlen. Niemand sprach mehr laut. Gespräche wurden kürzer, Händedrücke seltener.

Die Villa Neyher, einst ein strahlender Mittelpunkt des gesellschaftlichen Lebens, wirkte kälter, leerer. Der Wind des Wandels fegte nun auch über die Höhen der Frankfurter Oberschicht hinweg – und riss mit sich, was einst unerschütterlich schien.

1937 fiel die Villa Speyer. Ein architektonisches Juwel, Sinnbild einer raffinierten, unbeschwerten Welt – ein Haus, in dem Geschichte und Kunst eine vollkommene Verbindung eingegangen waren. Sie war soeben „neu zugewiesen" worden. Ein elegantes Wort – für Raub.

Dann, im November 1938, kurz nach der Reichspogromnacht, kam Arthur von Weinberg an die Reihe. Ein Name, der Frankfurt verkörperte. Ein visionärer Industrieller, ein Mann der Wissenschaft und des Fortschritts – vor allem aber: der größte Mäzen und Kunstsammler der Stadt. Er hatte Museen unterstützt, Künstler gefördert, Restaurierungen finanziert – und unermüdlich daran gearbeitet, das kulturelle Erbe Deutschlands zu bewahren und zu bereichern

Julian war ihm unzählige Male begegnet. In Galerien. Auf Ausstellungen. In jenen gedämpften Salons, in denen man mit Leidenschaft über Kunst sprach. Arthur war kein gewöhnlicher Honoratior. Er war eine Vaterfigur – ein Mann mit tiefer Gelehrsamkeit, mit aufrichtiger Menschlichkeit, der ebenso gut zuhören konnte, wie er lehrte. Sein wohlwollender Blick, seine ruhige Sprache, seine bedingungslose Liebe zur Schönheit der Werke… Julian hatte ihn bewundert.

Schon ab 1935 war er Schritt für Schritt an den Rand gedrängt worden. Aus seinen Ämtern entfernt. Dann, 1938, wurden seine Fabriken, sein Besitz, seine Sammlung – alles – konfisziert. Für einen Spottpreis an den Staat „verkauft". Sein Name, einst Inbegriff von Größe, ausgelöscht.

Julian hielt die Zeitung mit beiden Händen, las die kalten, bürokratischen Zeilen, die seine systematische Enteignung schilderten. Ein Mann von solcher Statur. Vernichtet in einer Nacht.

Es traf ihn mehr als alles zuvor. Arthur war 1916 zum Christentum konvertiert. Er hatte die deutsche Kultur geliebt, sie gefördert, an sie geglaubt. Er hatte seinem Land gedient. Aber nichts davon hatte gezählt.

Julian spürte, wie eine eisige Welle in ihm aufstieg. Wenn jemand wie Artur von Weinberg so ausgelöscht werden konnte – was blieb dann für jene, deren Herkunft nicht durch eine Taufe unsichtbar geworden war? Und er selbst? Wie lange würde er hier noch bleiben können?

Alles zerfiel. Was Julian da in der Zeitung las, war nicht mehr abstrakt. Es waren keine Gerüchte mehr, keine Andeutungen in den Salons. Es war real. Brutal. Unumkehrbar.

Julian konnte nicht länger schweigen. Er wusste, dass es ein Fehler war. Aber er musste sprechen.

An diesem Abend traf er Maximilian im großen Salon. Eine Zigarette zwischen den Lippen, ein Glas Cognac in der Hand – als wäre nichts geschehen. Julian aber war noch immer erfüllt vom Bild der zerknüllten Zeitung in seinen Händen, von der brutalen Nachricht über die Enteignung Arthur von Weinberg.

Er trat langsam näher, seine Stimme schärfer, als er es beabsichtigt hatte.

— Arthur von Weinberg… hast du gelesen, was sie mit ihm gemacht haben?

Maximilian blies eine Rauchwolke aus und zog eine Braue hoch – als sei der Name nur eine blasse Erinnerung.

— Ich habe es gesehen, ja.

Stille. Julian wartete auf mehr. Eine Reaktion. Ein Aufschrei. Aber nichts kam.

— Das ist alles?

Maximilian drehte leicht den Kopf zu ihm, sein Blick diesmal etwas schärfer.

— Was soll ich sagen, Julian? Es überrascht doch niemanden mehr.

Julian spürte, wie sich eine kalte Wut in ihm regte.

— Ein Mann wie er… er hat diese Stadt mitgeprägt, hat Museen unterstützt, Künstler gefördert…Und jetzt? Sein Name wird mit einem Federstrich ausgelöscht.

Maximilian stellte sein Glas langsam auf dem Couchtisch ab, schlug die Beine übereinander – mit gespielter Lässigkeit.

— Arthur hat einen Fehler gemacht.

Julian runzelte die Stirn.

— Einen Fehler? Welchen Fehler?

Maximilian lächelte leicht, doch sein Blick war kalt geworden.

— Er hat geglaubt, er könnte bleiben.

Julian spürte, wie ihm der Boden unter den Füßen wegglitt. Er öffnete den Mund, um zu antworten, doch kein Wort kam heraus. Maximilian erhob sich, trat näher und richtete Julians Jackett mit einer präzisen Bewegung.

— Du solltest klüger sein, Julian.

— Was meinst du damit?

Seine Stimme war rauer, weniger sicher. Maximilian strich über seine Manschetten, als wäre dieses Gespräch nur eine lästige Unterbrechung.

— Du bist hier in Sicherheit. Du hast alles, was du brauchst. Verlier dich nicht in nostalgischen Anwandlungen.

Julian spürte das Gewicht dieses Satzes. Eine Warnung – verborgen in höflicher Kühle.

— Du wusstest es?

seufzte er. Ein Schatten von Irritation glitt über Maximilians Gesicht, dann griff er nach seinem Cognacglas und wandte sich ab.

— Gute Nacht, Julian.

Julian blieb noch einen Moment reglos stehen und starrte auf Maximilians Rücken, der sich langsam den Flur hinunter entfernte. Dann senkte sich die Stille wieder über den Raum – eine schwere, drückende Stille, die die Luft zu verdichten schien. Die Glut im Kamin verlosch langsam.

Und doch blieb in ihm alles in Bewegung. Er hörte noch immer Maximilians Stimme. „Du solltest klüger sein." „Verlier dich nicht in nostalgischen Anwandlungen."

Die Worte hallten in seinem Kopf wider, stießen gegen die Bilder von Arthur von Weinberg, gegen Jakob

Rosenfelds Gesicht, gegen all die Namen, die man nun einen nach dem anderen zum Verschwinden brachte.

Maximilian wusste Bescheid. Daran hatte Julian keinen Zweifel mehr. Aber seit wann? Wie weit reichte dieses Wissen? Er presste die Kiefer zusammen. Er musste es wissen.

Leise stand er auf und warf einen Blick in den Flur. Stille. Die Villa schlief.

Er hätte es dabei belassen können. In sein Zimmer zurückkehren, so tun, als wäre nichts geschehen. Aber das konnte er nicht. Er musste es wissen.

Seine Schritte trugen ihn fast unbewusst in Richtung von Maximilians Arbeitszimmer. Die Schatten der Kronleuchter zogen sich lang über das Parkett. Die Tür zum Büro stand einen Spalt offen. Er drückte sie vorsichtig auf und trat ein.

Der Geruch von Zigaretten vermischt mit Maximilians Parfum hing noch in der Luft.

Alles war perfekt geordnet auf dem großen Mahagonischreibtisch. Alles – bis auf eine Schublade. Leicht geöffnet.

Ein einfacher, dunkelroter Aktendeckel ragte ein wenig heraus. Nichts. Ein Detail.

Er streckte die Hand aus und zog die Mappe langsam hervor. Oben links stand in schwarzen Buchstaben:

„Geheime Reichssache – Streng geheim."

Unten rechts ein offizieller Stempel:

„RSHA / Abteilung IV – Sonderakte."

Julian spürte, wie sein Herz schneller schlug. Er öffnete die Mappe.

Industrielle Pläne. Er kniff die Augen zusammen, überflog technische Zeichnungen, Randnotizen. Auf den ersten Blick sah es aus wie Bergbauinfrastruktur – metallene Strukturen, Belüftungsschächte. Doch etwas stimmte nicht. Die Anmerkungen.

„Gemäß den Anforderungen des RSHA."

Julian runzelte die Stirn. Das Reichssicherheitshauptamt. Die zentrale Sicherheitsbehörde des Regimes. Warum trugen industrielle Pläne das Siegel der geheimsten Institution des Reichs?

Er blätterte weiter. Arbeitslager. Technische Spezifikationen. Massive Rohrleitungen. Metallteile für Filtersysteme, sanitäre Anlagen. Julian hielt inne. Seine Finger zitterten leicht. Sein Blick glitt über ein weiteres Wort:

„Verbrennungsanlagen."

Jede Seite trug unten die handschriftlichen Initialen von Maximilian. Ein eiskalter Schauer lief Julian den Rücken hinab. Dann, als er weiter in der Schublade stöberte, fand er weitere Mappen. Diesmal dunkelbraun. Auch sie trugen Maximilians Namen.

„Übertragung industrieller Vermögenswerte gemäß den Richtlinien des Reiches."

Julian stockte der Atem. Sein Blick glitt über die Unterschriften. Die Beträge. Die Namen. Die übernommenen Fabriken. Die enteigneten Unternehmen. Die geplünderten Besitztümer. Alles war dokumentiert. Organisiert. Systematisch.

Maximilian war kein bloßer Zuschauer. Er war ein zentrales Zahnrad im Getriebe.

Ein dumpfer Schlag erfüllte den Raum – sein eigener Herzschlag. Julian lehnte sich langsam gegen den Sessel. Seine Hände waren eiskalt. Er hatte die Augen zu lange verschlossen.

Kapitel 10

Dezember 1938.

Der Schnee häufte sich in dicken Schichten im Park des Anwesens und ließ die kahlen Äste der Bäume unter seiner Last schwer herabhängen. Die beißende Kälte drang unter den Türen hindurch und ließ die Körper erstarren. Die ganze Stadt schien wie eingefroren – gefangen in einer frostigen Lethargie.

Eine kleine Gruppe ranghoher SS-Offiziere, gelegentlich begleitet von einigen politischen Funktionären, kam und ging zu jeder Tages- und Nachtzeit. Dunkle Gestalten überquerten die vereiste Auffahrt, verschwanden in der Villa, bevor sich die Tür lautlos hinter ihnen schloss. Die Gespräche, von den dicken Wänden gedämpft, zogen sich oft bis in die frühen Morgenstunden.

Sogar das Personal hatte sein Verhalten geändert. Die Schritte wurden leiser, die Gesichter verschlossener. Blicke wurden gemieden. Fragen auch.

Julian gehörte nicht zu ihrer Welt – und doch war er gegen seinen Willen darin verankert. Offiziell galt er als Vermittler, dessen Aufgabe es war, neue Verbindungen herzustellen, Beziehungen zu knüpfen. Maximilian stellte ihn als diskreten Berater vor, der damit betraut war, bestimmte Kontakte außerhalb der Parteikreise und auch im Ausland zu pflegen. Eine vage Rolle – gerade ausreichend, um seine Anwesenheit zu rechtfertigen.

Aber niemand ließ sich täuschen. Man duldete seine Präsenz in der Villa, stellte keine Fragen, nannte ihn nie beim Namen. Doch seine Anwesenheit gefiel nicht jedem. Julian spürte es in den flüchtigen Blicken, in den schweren Pausen. Einige SS-Offiziere senkten die Stimme, wenn er den Raum betrat. Andere warfen ihm ein schiefes Lächeln zu, das er nicht mochte.

Er war da, weil Maximilian es so wollte. Und Maximilian teilte nie, was ihm gehörte.

Friedrich war immer noch da – wie ein hartnäckiger Schatten. Er hatte nie aufgehört, Julian das Leben schwer zu machen. Julian hatte sich daran gewöhnt. Friedrich hatte diese unerträgliche Art, sich als Herr des Hauses aufzuspielen, ihn zu mustern, zu testen. Er wartete nur auf einen Fehler. Einen falschen Schritt. Eine Schwäche.

Aber diesmal war da ein anderer Mann. Ein SS-Offizier. Julian kannte seinen Namen nicht, aber er hasste ihn bereits. Irgendetwas stimmte nicht mit ihm. Eine Aura von Kontrolle – durchsetzt mit einem Zuviel von etwas, was sich nicht fassen ließ. Beherrschung an der Oberfläche, doch darunter eine unangenehme Energie, kaum verborgen.

Sein nach hinten geglättetes Haar ließ an den Schläfen leicht eingesunkene Geheimratsecken erkennen. Das kantige Gesicht, entlang der Wange von einer feinen Narbe gezeichnet, wirkte wie mit dem Messer geschnitten. Doch es war sein Blick, der am meisten verstörte. Helles Blau. Durchdringend. Unverwandt. Ein

Blick, der durchdrang, entkleidete, vereinnahmte – noch bevor er überhaupt berührte.

Und dann war da seine Stimme. Langsam, tief. Ein rauer Tonfall, der auf bestimmten Worten leicht hängen blieb. Ein Dialekt. Nicht dieses makellose Hochdeutsch der Eliten – sondern eine rauere Färbung, volkstümlicher, die selbst der militärische Drill nicht ganz hatte auslöschen können.

Er lächelte oft, aber ohne Wärme. Nur dieses mechanische, präzise Zucken der Lippen – mehr Übung als Ausdruck.

Und dieser Geruch. Eine Mischung aus kaltem Tabak, Schweiß und einem viel zu starken Parfum – holzig, würzig, beinahe erstickend. Als wolle er damit etwas überdecken.

Es gab immer diese Momente, in denen Julian seine Anwesenheit spürte, noch bevor er wirklich näherkam. Ein Schatten im Rücken. Eine kaum merkliche Bewegung im Raum.

Und dann – der Kontakt. Fast nichts, aber zu oft: Ein Jackett, das seines im engen Flur streifte. Eine Hand, die beim Griff nach einem Glas ein wenig zu nah vorbeiglitt.

Eine Nähe, die immer harmlos wirkte – und doch um einen Wimpernschlag zu lang anhielt. Jedes Mal spannte sich Julians Kiefer an, sein Körper versteifte sich. Aber er konnte nichts sagen. Der Blick des Offiziers blieb stets derselbe. Kalt. Wissend. Und dann entfernte er sich wieder – langsam, mit diesem schwer fassbaren Lächeln. Als wäre all das ein Spiel, dessen Regeln nur er verstand.

Maximilian betrachtete das Ganze nicht wohlwollend. Er hatte das Spiel des Offiziers von Anfang an durchschaut – diese zu intensiven Blicke, diese scheinbar belanglosen Gesten, hinter denen etwas anderes lauerte.

Ein eindeutiges Interesse. Ein kaum verhohlener Besitzanspruch. Doch einzugreifen war undenkbar. Dergleichen existierte nicht. Nicht offiziell. Schon gar nicht hier – nicht vor diesen Männern.

Maximilian konnte nichts sagen, nichts zeigen – zu groß wäre das Risiko, Verdacht zu erregen. Also beobachtete er. Unauffällig, aber mit neuer Wachsamkeit.

Er sorgte dafür, dass er stets im Hintergrund blieb, nie weit entfernt, den Gleichgültigen spielend – während ihm in Wahrheit kein Blick, keine Bewegung, keine Geste entging.

Der Offizier wusste, dass er beobachtet wurde. Und er genoss es.

Kapitel 11

30. Januar 1939.

Der Jahrestag von Hitlers Machtübernahme wurde in der Villa Neyher mit großem Pomp gefeiert. Ein prunkvoller Empfang, bei dem man die Gläser auf den Führer erhob, bei dem zu laut gelacht wurde, bei dem die Gespräche schriller und härter klangen als früher. Weit entfernt von den Empfängen vergangener Jahre.

Die Abendroben der Frankfurter Elite glänzten zwar noch immer – aber die Blumenarrangements waren verschwunden. Keine zarten Bouquets mehr, um die Linien der Möbel zu mildern. Keine feinen Düfte mehr, die durch die Räume schwebten.

Nur leere Flächen, grelles Licht – und eine seltsame Kälte, trotz der vielen dicht gedrängten Körper. Im großen Saal hallten die Klänge Wagners wider – wuchtig, martialisch, als wollten sie jeden anderen Gedanken im Keim ersticken.

Julian, hinter seiner gewohnten Maske höflicher Zurückhaltung, bewegte sich zwischen den Gästen. Er wich Blicken aus, mied vor allem den des Offiziers.

Alles klang hohl. Er wartete nur darauf, dass der Abend endlich vorüberging.

Gerade wollte er den Raum verlassen, als ihm ein Bediensteter – fast nebenbei – einen gefalteten Zettel in die Hand schob. Julian hatte keine Zeit zu reagieren. Die Hand war schon verschwunden, wieder eingesogen in die perfekt einstudierte Choreografie des Personals.

Zunächst maß er dem Ganzen kaum Bedeutung bei – er hielt es für eine weitere Notiz von Maximilian. Doch als er das Papier entfaltete, erstarrten seine Finger.

„Jakob, hast deinen echten Namen wohl nicht ganz vergessen, was?
Wir zwei haben noch was offen. Und glaub mir – besser, du hörst erst mal zu.
Hab 'n paar Sachen rausgefunden. Über Maximilian. Ziemlich interessant, sag ich dir.
Wenn du wissen willst, was er wirklich treibt –komm. Morgen. 16:30. Im Stadtwald. Hinter der Villa. "

Sein Blick glitt über jedes einzelne Wort. Einmal. Dann ein zweites Mal – langsamer.

„Jakob.“

Allein der Anblick dieses Namens schnürte ihm die Kehle zu – wie ein Geist, den er zu vergessen versucht hatte und der nun unausweichlich zurückkehrte.

Ein eisiger Schauer lief ihm über den Rücken. Mit einer schnellen Bewegung faltete er den Zettel zusammen und warf einen Blick um sich. Niemand schien Notiz von ihm zu nehmen – alle zu sehr damit beschäftigt, zu lachen, anzustoßen, die Größe des neuen Deutschlands zu preisen.

Er hätte den Zettel verbrennen können. So tun, als hätte er ihn nie gelesen. Aber er tat es nicht. Seine Finger krallten sich um das Papier.

Morgen, 16:30 Uhr. Im Stadtwald hinter der Villa

Er schlief die ganze Nacht nicht. Immer wieder drehte er den Zettel zwischen den Fingern, den Blick verloren in der Dunkelheit.

Manchmal dachte er daran, mit Charlotte zu sprechen. Oder mit Maximilian. Aber das war keine Option. Wer konnte das sein – und was, wenn es eine Falle war? Was, wenn jemand anderes längst Bescheid wusste?

Im Morgengrauen hatten seine Gedanken nichts gelöst – sie hatten nur einen noch tieferen Abgrund unter seinen Füßen aufgerissen.

Am nächsten Tag, kurz vor 16:30 Uhr, verließ er die Villa und betrat den Stadtwald. Die Luft war kalt, beißend, und der vom Frost gehärtete Boden knackte unter seinen Schritten.

Das Licht schwand rasch, wurde blaugrau und warf lange, flackernde Schatten zwischen die kahlen Stämme.

Jeder Atemzug bildete eine kleine Wolke, die sich sofort im eisigen Wind auflöste.

Nur das Knirschen seiner Schritte im dünnen Schnee durchbrach die Stille.

Dann sah er eine Gestalt, lässig an einen Baum gelehnt.
Der Offizier. Ein schiefes Grinsen, Zigarette in der Hand
– als hätte er schon ewig auf ihn gewartet.

— Jakob.

Das Wort fiel leise – mit gespielter Leichtigkeit.

— Hab's gewusst, dass du kommst.

Julian reagierte nicht. Keine Angriffsfläche bieten.

— Sie wollten mit mir reden? fragte er ruhig, beherrscht.

Der Offizier verzog den Mund.

— Immer noch so höflich, was?

Er drückte die Zigarette an seiner Stiefelspitze aus, ließ
ihn dabei keine Sekunde aus den Augen. Dann trat er
näher. Ein Schritt. Noch einer. Der Abstand schmolz,
kaum merklich.

— Hast gut gelernt, deine Rolle zu spielen, hm?

Julian blieb reglos. Der Offizier musterte ihn, grinste
schmal und schüttelte leicht den Kopf – als würde er sein
eigenes Schauspiel genießen.

— Weißt du, warum ich dich herbestellt hab?

Eine Pause. Kalkuliert.

— Geht um Maximilian.

Der Name traf wie ein Schlag in die Brust. Der Offizier lächelte. Langsam. Berechnend.

— Was meinen Sie damit?

— Du glaubst, du weißt alles über ihn, ja?

Er hob eine Braue.

— Denkst, er sagt dir die Wahrheit? Alles?

Julian blieb unbewegt.

— Ich könnt dir 'ne Menge erzählen. Dinge…, auf die kommst du nicht mal im Traum.

Ein kalter Schauer lief Julian den Rücken runter. Der Offizier trat näher, sein Blick voll spürbarem Genuss.

— Schon verrückt, wenn man drüber nachdenkt… Du da, in deiner feinen Villa, schön geschniegelt, spielst den feinen Herrn.

Er hielt inne.

— Aber ich? Ich weiß, was du wirklich bist.

Julian spannte unmerklich den Kiefer an.

— Ach ja? Er neigte leicht den Kopf.

— Und was bin ich, Ihrer Meinung nach?

Der Offizier starrte ihn an. Lange. Stille. Dann atmete er aus – langsam – und sprach, als koste er jedes Wort aus.

— 'ne Gelegenheit.

Ein Herzschlag lang nichts. Der Offizier trat noch näher. Julian wich einen Schritt zurück.

Ein metallisches *Klicken* zerschnitt die Stille. Die Pistole. Der Offizier richtete sie auf ihn.

— Ein fairer Tausch, das wär doch was.

Ein zweites *Klicken*. Er ließ die andere Hand locker an den Gürtel fallen, spielte beiläufig mit der Schnalle.

— Ich glaub, wir zwei finden schon 'ne Lösung, hm?

Langsam löste er den Gürtel, öffnete einen Knopf. Julian rührte sich nicht – aber sein Atem ging flacher. Der Offizier neigte den Kopf.

— Runter. Auf die Knie, Jakob.

Ein trockener Schuss krachte durch die Bäume, zerriss die bedrückende Stille des Nachmittags. Der Offizier erstarrte. Seine Augen weiteten sich – ein Blick zwischen Unverständnis und blankem Erstaunen. Noch vor einem Moment hatte er Julian in der Hand gehabt, sein Atem zu nah, sein Griff zu fest.

Jetzt kippte er langsam nach hinten, ein dünner Blutstreifen rann über seine Lippen, bevor er schwer auf den feuchten Waldboden schlug. Tot.

Das Echo des Schusses vibrierte noch in der Luft, verschmolz mit der wiederkehrenden Stille des Waldes. Julian stolperte rückwärts, sein Körper angespannt bis in die letzte Faser.

Er riss den Kopf herum – dorthin, wo sich der Schatten zwischen den Stämmen bereits auflöste. Eine Gestalt. Schnell. Nicht zu erkennen. Verschluckt von der aufziehenden Dämmerung. Zu weit entfernt, um ein Gesicht zu sehen. Zu schnell, um einen Laut von sich zu geben.

Er blieb reglos stehen. Der Körper angespannt, unfähig, sich zu bewegen.

***

Ein Förster fand den Leichnam im Morgengrauen. Auf dem Rücken liegend, teilweise vom Raureif überzogen. Ein großer braunroter Fleck befleckte den gefrorenen Schnee. Die Ermittlungen der folgenden Tage kamen zu einem klaren Ergebnis: ein militärischer Unfall.

In der Nähe führte eine Kaserne regelmäßig Schießübungen im Wald durch. Laut dem offiziellen Bericht war der Offizier von einer verirrten Kugel während eines späten Trainings getroffen worden. Das Militär sprach von einem tragischen Vorfall – und die Sache wurde zu den Akten gelegt.

Doch dann tauchten plötzlich Gerüchte auf. Wie aus dem Nichts. Man sprach von seltsamen Umständen. Friedrich spielte seine Rolle mit kühler Präzision. Er beschuldigte Julian nie direkt. Musste er auch nicht.

Er stellte harmlose Fragen, ließ gezielte Pausen entstehen, streute verzerrte Bruchstücke von Informationen. Was, wenn es kein Unfall war? Sondern Mord? Eine persönliche Abrechnung? Eine private Geschichte, die eskaliert war? Was hatte der Offizier so spät im Stadtwald zu suchen – und dann noch so nah an der Villa?

Bald wurde von Schulden geflüstert. Von einem Streit. Von einem ungelösten Konflikt. Einige sagten, der Offizier und Julian hätten sich gut gekannt. Zu gut.

Andere deuteten an, es habe in den letzten Wochen eine Auseinandersetzung zwischen ihnen gegeben. Eine beiläufige Bemerkung zwischen zwei Schlucken Kaffee:

— Von Bergen war schon immer ein… temperamentvolles Wesen. Er lässt nichts durchgehen.

Oder auch:

— Er war der Letzte, der ihn gesehen hat…

Die Gerüchte verfestigten sich, nahmen immer mehr Gestalt an. Bei einem Mittagessen stellte ihm ein Gast plötzlich eine unerwartete Frage:

— Sie waren doch an dem Abend im Stadtwald, nicht wahr?

Julian hob den Kopf, überrascht. Blicke richteten sich auf ihn. Friedrich, nicht weit entfernt, neigte kaum merklich den Kopf, als lausche er der Unterhaltung mit gespielter Gleichgültigkeit.

Dann änderte sich die Atmosphäre. Johannes, der sonst hilfsbereit und gesellig Bedienstete, wurde distanzierter. Otto, der Butler, zögerte einen Moment, bevor er ihm seinen Mantel reichte. Franzi und Elsa hörten plötzlich auf, jeden Morgen sein Zimmer zu machen. Und die Gäste –sie begannen, ihn zu meiden.

Friedrich wusste genau, wie man Zweifel sät. Ein beiläufiger Kommentar im Flur:

— Seltsam, wie manche Dinge doch immer ans Licht kommen… und wie gut andere ihre wahre Herkunft verstecken!

Ein leises Seufzen, kaum hörbar, als er einen Raum verließ – gerade laut genug, dass jemand nachfragte:

— Meinen Sie Julian?

— Ich? Ich sage gar nichts…

Nach und nach änderten sich die Blicke. Das Flüstern wurden lauter. Julian spürte, dass sich etwas um ihn zusammenzog. Doch noch verstand er nicht, dass Friedrich der Architekt dieser Falle war.

Eines Abends fasste Julian den Entschluss, Maximilian zur Rede zu stellen. Er zögerte vor der Tür seines Zimmers, dann klopfte er an. Eine Sekunde Stille. Dann Maximilians Stimme – ruhig, fast träge:

— Komm rein.

Maximilian war in seinem Wassily-Sessel zurückgelehnt, beide nackten Füße fest auf dem Boden, die Ellbogen auf den Armlehnen abgestützt. Sein nachtblauer Seidenmorgenmantel, der ihm bis knapp über die Knie reichte, öffnete sich leicht und gab den Blick frei auf einen muskulösen Oberkörper, durchzogen von kaum sichtbaren blonden Haaren. Die gespannte Haut über den Schultern betonte die Linien seines Körpers – klar, kontrolliert, makellos.

Sein blondes, noch feuchtes Haar war ohne Strenge zurückgekämmt. Am Handgelenk blitzte für einen Atemzug das Silberne Gehäuse einer feinen Uhr auf – vermutlich eine Lange & Söhne. Zwischen den Fingern der rechten Hand hielt er eine kaum angerauchte Zigarette, aus der eine feine, fast unbewegliche Rauchlinie aufstieg.

Er hob den Blick. Kein Wort. Kein Erstaunen. Nur dieser direkte, stabile Blick, als wüsste er genau, warum Julian gekommen war. Julian blieb einen Moment lang stehen. Dann schloss er langsam die Tür hinter sich.

— Man redet, murmelte er.

Maximilian atmete den Rauch langsam aus, sein Blick undurchschaubar.

— Wer ist, "man"?

— Die Gäste. Das Personal. Sie flüstern, sie tuscheln. Und Friedrich…

96

Ein leicht amüsierter Ausdruck huschte über Maximilians Gesicht.

— Friedrich redet immer zu viel. Daran solltest du dich inzwischen gewöhnt haben.

— Spiel das nicht runter, entgegnete Julian, die Kiefer angespannt. Du hörst doch auch, was man sagt.

Maximilian drückte die Zigarette aus, stand langsam auf und kam auf ihn zu. Der Abstand zwischen ihnen verringerte sich fast unmerklich.

— Was man sagt… Er machte eine Pause, als wägte er jedes Wort. Vielleicht solltest du aufhören, dich so sehr darum zu kümmern, was andere denken.

— Es geht nicht nur um Gerüchte. Sie drängen. Sie suchen jemanden, den sie beschuldigen können.

Maximilian legte ihm sanft die Hand auf die Schulter. Eine Geste, fast zärtlich, aber kühl.

— Und du, Julian? Was hast du erwartet?

Ein unangenehmes Ziehen zog sich zwischen Julians Schulterblättern zusammen – fast wie ein feiner Stich.

— Was soll das heißen?

Maximilian antwortete nicht sofort. Er ließ eine dieser Pausen entstehen, die einen wahnsinnig machen. Dann klopfte er ihm leicht auf die Schulter und ging zum Fenster hinüber.

— Du wirkst müde. Die ganze Angelegenheit scheint dir näher zu gehen, als ich dachte.

Julian trat einen Schritt zurück, wachsam.

— Du weichst aus.

Maximilian lächelte, zündete sich ruhig eine neue Zigarette an, bevor er mit tiefer, aber kontrollierter Stimme sprach:

— Ich sage nur, dass manche Dinge größer werden, als man sie noch kontrollieren kann. Und dass man lernen muss, sich anzupassen.

Er blies langsam den Rauch aus und fügte mit einem rätselhaften Lächeln hinzu:

— Denk darüber nach…, bevor es zu spät ist.

Julian schloss die Tür hinter sich. Eine dumpfe Anspannung schnürte ihm die Brust zu. Er hatte nie mit Maximilian über das Geschehene im Wald gesprochen. Es gab Dinge, die sie nie aussprachen –nicht aus Unwissenheit, sondern um dieses fragile Gleichgewicht zu bewahren, das unter der Wucht der Wahrheit zu kippen drohte. Und der Tod des Offiziers gehörte zu diesen Dingen. Er hatte immer gewusst, dass Maximilian unberechenbar war. Narzisstisch. Jähzornig. Besitzergreifend. Er hatte seine Exzesse hingenommen, seine Wutausbrüche, sein ständiges Bedürfnis nach Kontrolle. Er hatte geglaubt, damit zurecht zu kommen. Doch nie hatte er in Betracht gezogen, dass Maximilian gegen ihn spielen könnte.

Etwas hatte sich verändert. Er war nicht mehr nur ein instabiler Mann. Er war inzwischen ein gefährlicher Mann.

Ein seltsames Gefühl nistete sich in Julian ein. Ein Zweifel, den er nicht abschütteln konnte.

Hatte Maximilian ihn fallen lassen? Oder schlimmer noch – dirigierte er seinen Sturz?

Zum ersten Mal spürte Julian, dass er allein war. Wirklich allein.

***

Die Nachtluft war klar. Julian ging allein die Taunusanlage entlang, um auf andere Gedanken zu kommen. Um ihn herum rauschte die Stadt noch leise, vereinzelt huschten Schatten durch die Dunkelheit, doch hier, unter den kahlen Bäumen des Parks, war alles stiller. Nur das entfernte Läuten einer Straßenbahn hallte über die Fassaden der bürgerlichen Häuser.

Dort, wo vor wenigen Jahren noch heimliche Gespräche und vielsagende Blicke ausgetauscht worden waren, saßen heute nur noch verstreute Schatten auf den Bänken. Ein schweres Schweigen legte sich über alles, kaum gestört vom kalten Wind, der durch die leeren Alleen fuhr. Julian war gerade im Begriff umzudrehen, als plötzlich eine Stimme hinter ihm erklang.

— Von Bergen.

Er blieb stehen. Ein Mann stand ein paar Meter entfernt, gehüllt in einen langen, dunklen Mantel, den Hut tief ins Gesicht gezogen. Er trat näher, gerade so weit, dass das Licht einer Straßenlaterne die gespannte Linie seines Kiefers erkennen ließ.

— Pass auf dich auf.

Julian antwortete nicht. Sein Herz klopfte schneller, als er es zugeben wollte. Die Stimme war ihm unbekannt, und doch lag in ihrem Tonfall keine Drohung – eher die Warnung von jemandem, der ihm, seltsamerweise, nichts Böses wollte. Der Mann sah ihn einen Moment lang an, dann sprach er mit leiser, ruhiger Stimme:

— Dies ist nicht die Zeit, sich sicher zu fühlen. Die Dinge bewegen sich. Und nicht in die richtige Richtung.

Er machte eine kurze Pause, dann fügte er hinzu:

— Ich kann nicht mehr sagen. Aber wenn du leben willst…, bleib unsichtbar.

Ohne ein weiteres Wort drehte er sich um und verschwand im Schatten des Parks, verschluckt von der Dunkelheit. Julian fuhr sich mit der Hand über den Nacken, als wollte er das Gewicht der Warnung abschütteln. Einen Moment lang zögerte er, dann setzte er seinen Weg langsam fort. Er hatte verstanden, auch wenn er es noch nicht aussprechen konnte. Es ging längst nicht mehr nur um seinen Ruf. Es ging um sein Leben. Er musste das Land verlassen. Und zwar bald.

Kapitel 12

Für Julian wurde der Gedanke an Flucht immer dringlicher – und zugleich immer schwerer umzusetzen. Seine einzige Hoffnung ruhte nun auf einem Mann, den er vor zwei Jahren über Charlotte kennengelernt hatte: Lucien Morel.

Ein französischer Diplomat von mittlerer Statur mit unaufdringlicher Eleganz. Er war nicht schön im klassischen Sinne, aber er besaß diesen subtilen Charme, eine ruhige Selbstsicherheit, einen scharfen Verstand, den er mit Bescheidenheit einzusetzen wusste – eine besondere, beruhigende Ausstrahlung, die Julian faszinierte. Das perfekte Gegengewicht zu Maximilian, der nur an Macht und Kontrolle glaubte. Lucien hatte immer eine Schwäche für Julian gehabt – auch wenn er es nie offen zugegeben hatte.

Charlotte hatte alles arrangiert. Ein diskretes Treffen, fernab neugieriger Blicke. Lucien sollte ihm Zugtickets und neue Papiere übergeben. Der letzte Ausweg – wenn Julian nur bereit wäre, ihn endlich zu nehmen.

Julian verließ die Villa spät in der Nacht. Die Luft war schwer, leichte Nebelschwaden krochen über die Straße und erstickten die Geräusche der Stadt.

Er öffnete die Tür seines Mercedes 540 K, glitt mit einer fließenden Bewegung hinein und schloss sie mit einem satten Schlag. Die Hand unter das Armaturenbrett gelegt, schob er den Schlüssel ins verdeckte Zündschloss und drehte ihn langsam um. Dann zog er entschlossen an dem elfenbeinfarbenen Zugknopf rechts vom zentralen Instrument. Der Motor erwachte mit einem dumpfen Grollen zum Leben.

Mit einem präzisen Griff drehte er den kleinen Schalter auf dem perlmuttfarbenen Armaturenbrett. Ein doppeltes Klicken. Die Bosch-Scheinwerfer – eines der letzten Feinwerke, die im Werk Sindelfingen montiert worden waren – leuchteten mit warmem Gelb in die Nacht und zeichneten die glänzenden Pflastersteine der Auffahrt mit feinen Lichtreflexen. Feiner Regen perlte über die glänzende Haube.

Ein dünner Hauch von Kondenswasser entwich dem breiten, abgeflachten Auspuffrohr, getaktet vom tiefen pulsierenden Schlag des Achtzylinders – wie der ruhige Atem einer Bestie im Schlummer.

Langsam ließ er den Wagen zur Einfahrt an der Mörfelder Landstraße rollen. Ein Moment der Stille. Er atmete tief ein, legte den ersten Gang ein – und trat das Gaspedal durch.

Der Motor brüllte – heiser und kraftvoll – und der Wagen schoss in die Nacht hinaus. Die Straßen von Frankfurt flogen im Eiltempo vorbei, geisterhaft, die Straßenlaternen warfen flackernde Schatten auf den glänzenden Asphalt. Julian war es gewohnt, schnell zu fahren. Doch heute Nacht suchte er keinen Nervenkitzel. Er floh.

Er verließ die breiten Boulevards und bog auf eine schmalere Straße ab, die sich in Richtung Taunus wand.

Bei diesem Tempo hätten viele gezögert. Der Mercedes – wuchtig und temperamentvoll, mit ihrer zweigeteilten Windschutzscheibe – bot nur eingeschränkte Sicht. Sie verlangte mehr als fahrerisches Können – ein feines Gespür, fast ein tänzerisches Zusammenspiel.

Doch Julian war kein gewöhnlicher Fahrer. Er beherrschte die Maschine wie kaum ein anderer.

Der imposante Roadster raste durch die Dunkelheit, wie ein Schatten, der die Nacht zerschnitt, der Kompressor heulte auf und warf sein Echo gegen die feuchten Bäume des Gebirges zurück. Die Kilometer flogen dahin.

Dann tauchten in der Ferne Lichter auf.

Julian spürte, wie sich sein Herz zusammenzog. Eine Kontrolle. Er bremste scharf, die Reifen quietschten auf der nassen Straße. Hochgehaltene Fackeln. Schwarze Uniformen. Eine Holzbarriere versperrte die Straße.

Der Offizier trat langsam vor. Er war nicht allein. Hinter ihm standen Soldaten, das Gewehr über der Schulter, aufgestellt wie Wachhunde.

Julian bewahrte die Fassung, doch eine eisige Anspannung legte sich um seine Kehle. Ein zweiter Soldat umrundete den Mercedes, strich mit den Fingerspitzen über den glänzenden Lack. Der Offizier richtete seine Lampe auf ihn – dann streckte er die Hand aus:

— Ihre Papiere.

Julian griff ruhig in die Innentasche seines Mantels, spürte die Textur des Passes unter seinen Fingern. Wortlos reichte er ihn dem Offizier. Dieser betrachtete das Dokument lange. Sein Blick wechselte mehrmals zwischen dem Foto und Julians Gesicht. Dann – ein minimal längerer Moment. Ein Zögern. Die Stirn des Offiziers legte sich leicht in Falten. Und fast unhörbar sagte er:

— Von Bergen.

Seine Stimme verriet weder Respekt noch Misstrauen – nur einen Hauch von Unsicherheit. Julian spürte es sofort. Dieser Name bot keinen Schutz mehr. Keine Gewissheit.

Der Offizier schwieg eine Sekunde zu lange. Die Soldaten rührten sich nicht, doch Julian spürte ihre Blicke – ihre Hände zu nah an den Waffen.

Dann ein knappes Nicken.

— Sie können weiterfahren.

Julian nahm seine Papiere entgegen, schloss die Finger wieder um das Lenkrad und atmete leise aus. Langsam ließ er den Wagen wieder anrollen, fuhr durch die Barriere, ohne sich umzudrehen. Erst als er wieder beschleunigte, kehrte sein Rhythmus zurück.

Aber er wusste es. Das war kein ehrerbietiger Abschied. Keine Barriere, die sich aus Achtung öffnete. Es war ein Aufschub.

Die Straße wurde kurviger und zog sich in die dunkle Dichte des Waldes. Die Kiefern schlossen sich über ihm, ihre Kronen bewegten sich im kalten Wind. Julian verlangsamte die Geschwindigkeit, als er sich dem Treffpunkt näherte. Das Jagdhaus tauchte schließlich an der Ecke einer scharfen Kurve auf. Ein Steingebäude mit dunklen Fensterläden, einst luxuriös, aber heute fast verlassen.

Lucien Morel wartete bereits. Er stand nahe dem Tor, den Mantel zugeknöpft, eine Zigarette zwischen den Fingern. Der kalte, feuchte Wind ließ ihn noch entschlossener wirken. Im Dunkel des Taunus schien sein Blick ernster, schwerer.

Julian schaltete den Motor aus. Sofort fiel Stille ein, verschlang die letzten Echos des Kompressors und ließ nur das Knistern des noch heißen Auspuffs, der sich zusammenzog, zurück. Die Dunkelheit senkte sich über sie, nur das orangefarbene Glimmen von Luciens Zigarette blieb.

Julian stieg aus, setzte seinen Hut zurecht und ging ohne ein Wort auf ihn zu. Lucien rührte sich nicht, doch sein Blick ließ Julian nicht los. Dann sagte er, in einem langsamen Atemzug:

— Julian... Du bist zu spät.

Julian schenkte ihm ein flüchtiges, aber kaltes Lächeln.

— Ich weiß.

Lucien musterte ihn lange, jede Nuance seines Gesichts, jede Zögerlichkeit. Er reichte ihm einen Umschlag und fügte dann schlicht hinzu:

— Ich kann dir helfen. Aber du musst gehen – morgen. Paris ist nicht mehr sicher, aber es ist immer noch besser als hier. Und wenn die Lage sich verschlechtert, können wir in den Südwesten gehen, ich habe dort Kontakte.

Julian nickte. Er wusste, dass er gehen musste:

— Gib mir ein paar Tage.

Lucien blinzelte nicht. Seine Enttäuschung war kaum wahrnehmbar, nur ein leichtes Zucken des Kinns, das schnell von einem diskreten Lächeln verscheucht wurde. Er nahm einen langen Zug von seiner Zigarette, ließ den Rauch sich im nächtlichen Wind auflösen.

— Ich verstehe dich, Julian.

Ein Moment der Stille.

— Vielleicht besser, als du glaubst.

Er wendete für einen Augenblick den Blick ab, dann kam er zurück, ernster.

— Julian, es passieren Dinge. Dinge, gegen die... Sein Blick wurde einen Hauch härter.

— Sogar dein schönes Lächeln wird dich nicht retten können.

Kapitel 13

Julian stand kurz davor, zu gehen. Diesmal hatte er sichergestellt, so diskret wie möglich zu sein. Alles war vorbereitet. In seinem Zimmer in der Villa Neyher stand er reglos da und betrachtete das, was über so viele Jahre hinweg seine Welt, sein Zufluchtsort, seine Illusion gewesen war.

Ein Schrank war einen Spalt weit geöffnet. Darin hingen maßgeschneiderte Anzüge in dunklen, nüchternen Tönen: Marineblau, Schwarz, Grau, Braun, Beige, ordentlich nebeneinander, fast militärisch ausgerichtet. Englische Stoffe, gestärkte Hemden, Seidenkrawatten. Er strich mit der Hand über ein Tweedjackett, gekauft bei Herrn Eisenbach, einem Schneider in der Hochstraße, ein Überbleibsel aus einer Zeit, in der Eleganz noch die soziale Hierarchie bestimmte.

Auf der polierten Kommode lag ein silbernes Dunhill-Feuerzeug, das Geschenk eines Bankiers, den er in Zürich getroffen hatte. Daneben Manschettenknöpfe aus Onyx, ein fein geschnitzter Brieföffner aus Elfenbein, achtlos auf ein Taschentuch gelegt, das mit seinen Initialen bestickt war. Die Reliquien eines sorgfältig aufgebauten Lebens.

In einer Ecke stand sein Louis-Vuitton-Reisegepäck. Leer. Er hatte sich vorgenommen, es mitzunehmen, aber wie sollte er mit einem Reisekoffer fliehen? Ein Flüchtling reist nicht mit Luxusgepäck.

Er ließ seinen Blick durch den Raum schweifen, als wollte er ihn sich ein letztes Mal einprägen. Der Schatten der vergangenen Jahre hing in der Luft, schwebte wie eine dumpfe Bedrohung. Die Atmosphäre war schwer, geladen mit statischer Elektrizität, wie vor einem Gewitter. Alles erschien ihm plötzlich zerbrechlich, belanglos.

Wie das Bühnenbild eines Theaters, das nach der letzten Vorstellung abgebaut wurde. Wie eine Szene, deren Scheinwerfer eben erst erloschen waren.

Er richtete seinen Mantel, machte einen Schritt. Dann fiel sein Blick auf sein Handgelenk. Die Jaeger-LeCoultre. Er wusste nicht einmal, wann er sie angelegt hatte, wahrscheinlich wie jeden Morgen, in einer automatischen Bewegung.

Sie gehörte zum Anzug. Zu seiner Rolle. Zu jener Illusion, die er ohne nachzudenken gelebt und kultiviert hatte. Doch diesmal traf ihn etwas. Ein kalter Schauer zog die Wirbelsäule hinauf. Er hielt inne. Sein Atem stockte. Denn er erinnerte sich an jene Uhr, die er nicht mehr hatte. Die Patek Philippe seiner Mutter. Alt, wertvoll, einzigartig. Ein Hochzeitsgeschenk, das Einzige, was sie ihm hinterlassen hatte. Der letzte Überrest einer verschwundenen Welt. Diejenige, die er beim Ankommen in Frankfurt verkauft hatte. Weil es nötig war. Weil er glaubte, mit ihr eine Zukunft zu kaufen. Und heute? Was blieb ihm im Gegenzug?

Ein Geschenk von Maximilian. Wertvoller Gegenstand und auferlegte Verpflichtung zugleich. Ein Symbol der Macht, die er über ihn ausübte. Eine Erinnerung, still, aber allgegenwärtig, an seine Dominanz. Er hatte dieses Geschenk nie hinterfragt, bis zu diesem Moment. Die Ironie ist brutal. Er hatte ein heiliges Andenken verkauft, um ein Leben aufzubauen. Und nun lässt ihm dieses Leben nur eine andere Uhr.

Sein Hals schnürte sich zu. Eine kalte Panik ergriff ihn. Als ob die letzten zwanzig Jahre umsonst gewesen wären.

Er konnte nicht einfach so gehen. Fliehen, ja. Aber nicht ohne etwas. Was er hinter sich ließ, war nicht nur ein mondänes Leben, sondern Jahre voller Mühen, Kompromisse, geschickt geknüpfter Allianzen. All das hatte einen Wert. Er konnte nicht alles aufgeben, ohne sich abzusichern.

Bargeld? Nutzlos. Die Reichsmark hatte im Ausland keinen Wert. Selbst die vorsichtigsten Geschäftsleute versuchten verzweifelt, ihr Vermögen vor dem drohenden Zusammenbruch aus dem Land zu schaffen. Gold? Zu schwer, zu riskant. Der Transport von Goldbarren hätte ihn zur Zielscheibe gemacht. Nein. Er brauchte etwas anderes. Aktiva. Papiere. Dokumente, die, im Gegensatz zum Geld, den Krieg überdauern konnten. Aber welche Papiere könnten noch von Wert sein?

Die Enteignungen von Juden und Regime-Gegnern hatten den Markt für Unternehmen und Immobilien durcheinandergebracht. Viele Firmen waren verstaatlicht oder arisiert worden. Alles, was in die Hände des Reiches fiel, landete früher oder später in denen eines Parteifunktionärs oder eines

Industriekapitäns. Also, was konnte er mitnehmen, das ihm nicht sofort abgenommen würde, falls man ihn festnahm. Er dachte nach. Schnell.

Die enteigneten Unternehmen blieben nie lange vakant. Sie wurden weiterverkauft, oft für lächerliche Summen, an Personen aus dem Umfeld des Regimes. Maximilian gehörte zu diesem Kreis. Er hatte aufgekauft, konsolidiert, umstrukturiert. Aber diese Transaktionen hinterließen Spuren. Und nicht alle waren unwiderruflich.

Er verstand, dass es drei Arten von Dokumenten gab, die von Wert sein könnten. Zuerst die Anteile an ausländischen Unternehmen. Maximilian bewahrte sicherlich nicht sein ganzes Vermögen in Deutschland auf. Wahrscheinlich hatte er in der Schweiz, in den Niederlanden, vielleicht sogar in den Vereinigten Staaten investiert. Diese Unternehmen entglitten noch dem Einfluss des Reiches. Der Besitz dieser Papiere könnte der Schlüssel zu Vermögenswerten sein, die nach dem Krieg ihren Wert behalten würden.

Dann die unterbewerteten Verkaufsverträge. Wenn ein Unternehmen arisiert wurde, wurde es verramscht, oft unter Zwang. Einige ehemalige Besitzer hatten unterzeichnet, in der Hoffnung, ihr Leben zu retten. Diese Dokumente zu besitzen könnte ermöglichen, nachzuweisen, dass eine Transaktion erzwungen worden war. Ein solcher Beweis, in den richtigen Händen, könnte später ein Vermögen wert sein.

Dann gab es noch eine andere Kategorie. Kompromittierender, explosiver. Die vertraulichen Dokumente.

Julian wusste, dass Maximilian Verträge mit dem Reich geschlossen hatte. Seine Fabriken produzierten Ausstattungen für die Kriegsindustrie, aber auch Infrastruktur für Arbeitslager. Geheime Abkommen mit Schweizer Banken, Gelder, die heimlich verschoben wurden. Warum traf Maximilian solche Vorkehrungen? Julian kannte nicht alle Antworten. Aber er ahnte, dass in einer Zeit, in der die Gleichgewichte ins Wanken gerieten, einige Informationen weit mehr wert sein konnten als ein Safe voller Gold.

Wenn er diese Dokumente in die Hände bekam, dann würde er vielleicht nicht mit leeren Händen gehen.

Die Antwort lag im Keller. Der Safe. Julian hatte ihn nie gesehen, aber er wusste, dass er existierte. Hinter dem Archivraum. Ein unauffälliger Ort, ohne Fenster. Perfekt, um das zu verstecken, was niemals entdeckt werden sollte. Maximilian überließ nichts dem Zufall. Und Julian wusste eines: Männer wie er vertrauten niemals vollständig den Banken. In diesem Safe musste etwas sein. Anteile, Verträge, Beweise. Vielleicht sogar Briefe, vertrauliche Korrespondenzen. Dokumente, die ihm eine Zukunft sichern könnten.

Ihm blieben zwei Stunden. Zwei Stunden, bevor Maximilian zurückkehrte. Er durfte keine Sekunde verlieren.

***

Die Luft war kälter im Keller. Eine leicht feuchte, stagnierende Frische, die nach Staub und Metall roch. Nur eine Wandlampe warf ein trübes Licht auf die Steingewölbe. Julian schritt den stillen Gang entlang. Er kannte den Ort, aber er war nie länger geblieben. Der Archivraum öffnete sich vor ihm, ein Labyrinth von Regalen, die mit abgelegten Akten überladen waren. Alles war da, die administrative und finanzielle Geschichte der Neyher-Werke, in Schichten von vergilbtem Papier aufgetürmt.

In einer Ecke, hinter einer kleinen Tür, stand er. Ein Monolith aus schwarzem Stahl, fest am Boden verankert. Kein Griff, kein sichtbares Schloss. Nur ein Rädchen, mit Zahlen graviert.

Julian hockte sich hin und legte eine Hand auf das kalte Metall. Es war ein Safe, der dafür gemacht war, nicht aufgeknackt zu werden. Er legte die Finger auf das Rädchen und atmete tief ein. Er versuchte es zum ersten Mal. Das Geburtsdatum von Maximilian. Langsam drehte er es nach links bis zur 17, hielt inne und drehte dann nach rechts bis zur 4. Ein Klicken. Nichts. Er versuchte vergeblich eine andere Kombination. 04 – 17. Sein Geburtsjahr 18-95. Wieder nichts. Es wäre zu einfach gewesen. Dann das Gründungsjahr der Neyher-Werke. Das Schloss bewegte sich nicht.

Wenn er erneut scheiterte, müsste er gehen. Er richtete sich auf, seufzte, strich mit der Hand über sein Gesicht. Dann sah er abgelenkt auf die Uhr. Vertieft in seine Gedanken drehte er nervös das Gehäuse seiner Jaeger-LeCoultre Reverso zwischen seinen Fingern. Die Gravur auf der Rückseite des Gehäuses fing das Licht ein. 23.09.1928. Er hatte sie hunderte Male gesehen. Das Datum ihres ersten Treffens, beim Polo-Match. Nein… das wäre lächerlich. Und doch verharrte sein Blick. Er runzelte leicht die Stirn. Die Zahlen waren nicht alle gleich. Einige waren nur ein kleines Stück größer. Die 2. Die 9. Die 28. Dieses Detail war ihm immer entgangen.

Als letzte Chance versuchte er es. Er legte die Finger auf das Rädchen, Zahl für Zahl. Ein Moment der Stille. Dann ein Klicken. Dann noch eines. Das Schloss gab nach. Die Tür des Safes öffnete sich langsam mit einem metallischen Seufzen.

Er konnte nicht glauben, dass er diese Kombination die ganze Zeit vor seinen Augen gehabt hatte. Für einen Moment rührte er sich nicht, als ob es zu einfach gewesen wäre, diese letzte Grenze zu überschreiten. War das also der Schlüssel zur Macht? Ein einfacher Code, eingraviert auf einer Uhr?

Das kalte Metall der geöffneten Tür riss ihn zurück in die Realität. Er konnte nicht mehr zurück.

Julian senkte seinen Blick endlich in die Dunkelheit des Safes. Bündel von Geldscheinen, sorgfältig gestapelt. Schweizer Franken. Pfund Sterling. Aber keine einzige Reichsmark. Maximilian misstraute seiner eigenen Währung. Eine Luger P08, in einem abgenutzten Lederholster verstaut. Dokumente, mit einer fast chirurgischen Präzision gestapelt. Einige in Pappmappen geschoben, andere mit feinen Schnüren zusammengebunden.

Er begann die Stapel zu durchsuchen, seine Finger glitten über Besitzurkunden, Aktienzertifikate. Greifbare Beweise für Vermögen, die auf den Ruinen anderer Männer aufgebaut worden waren. Dann, plötzlich, fiel ihm ein älteres Dossier ins Auge. Es war auf 1918-1919 datiert, und das Format war ihm nostalgisch vertraut. Das Papier, leicht vergilbt, trug noch einen roten und weißen Rand, ein typisches Merkmal der Verwaltungsdokumente aus der k.u.k. Zeit. Julian strich mit dem Finger über die Kante. Er hatte diesen Dokumenttyp schon einmal gesehen. Damals. Auf dem Schreibtisch seines Vaters. Zwischen Rechnungen, Verträgen, Lieferantenbriefen abgelegt. Für einen Moment sah er seinen Vater wieder vor sich, wie er am Schreibtisch saß und ähnliche Papiere durchging.

Ohne nachzudenken, zog er das Dossier zu sich. Julian öffnete das Dossier langsam, das raue Papier unter seinen Fingern. Die Tinte war verblasst, aber die Namen waren noch lesbar. Bankhaus Mazeler. Er runzelte die Stirn.

Was machte eine deutsche Bank auf einem Dokument österreichisch-ungarischer Herkunft… und in der Tschechoslowakei registriert? Er blätterte schneller durch die Seiten. Beträge. Transaktionen. Übernahmen im Jahr 1918. Gefrorene Gelder. Dann eine vertraute Adresse in der Tschechoslowakei. Ein Absatz. Eine Übertragung. Eine Liquidation.

„Alle zuvor aufgelisteten Vermögenswerte, abgegeben für 1 Krone (K).“

Es gab ein ergänzendes Dokument. Ein Bankauszug aus dem Jahr 1919. Er überflog die erste Zeile.

„Kontoschließung und Übertragung von Vermögenswerten.“

Betrag: 230.000 Goldmark vom Konto Nr. 4872. Auf das Konto Nr. 2215.

Julian presste die Augen zusammen. 4872. Diese Nummer sagte ihm etwas. Ein Konto bei der Bankhaus Mazeler. Er las langsamer. Kontoinhaber: Leopold Bulkowicz. Sein Magen zog sich zusammen. Seine Finger zitterten leicht. Er hob den Blick, als suchte er einen Ausweg in diesem fensterlosen Raum. Langsam kehrte sein Blick zurück auf das Dokument. Er hatte noch nicht alles gesehen. Er schluckte, blätterte um. Die Unterschriften. Auf der einen Seite:

„Vollmacht – Liquidator der Vermögenswerte im Namen von Leopold Bulkowicz – Friedrich v. Schönberg.“

Auf der anderen:

„Zu Gunsten der Neyher Werke, PPA (per Prokura) – Maximilian von Neyher.“

Das Papier zitterte in seinen Händen. Absolute Stille. Ein Abgrund tat sich unter ihm auf. Seine Beine wackelten. Ein Gefühl des Fallens. Brutal. Unendlich. Maximilian hatte nicht nur von der Pleite seines Vaters profitiert. Er hatte sie geplant. Und er hatte sie ausgeführt. Für 1 Krone. Mit der Hilfe dieses Drecks

Friedrich. Ein dumpfer Knall hallte in seinem Kopf wider. Wie ein gedämpfter Schuss. Dann nichts mehr.

Seine Finger zitterten unkontrolliert, aber es war nicht mehr die Überraschung. Es war der Schock. Brutal. Heftig. Er atmete ein, doch die Luft schien plötzlich abwesend, fast unerträglich. Seine Gedanken stießen wirr und durcheinander aufeinander, unreal. Selbst nach all den Jahren, in denen er Maximilian mit der Macht hatte spielen sehen, wie er andere manipulierte, zerquetschte, in Besitz nahm, hätte er das nie geglaubt. Nicht diese Hinterlist. Nicht diese Grausamkeit. Alles war kalkuliert. Durchdacht. Ausgeführt ohne einen Funken Reue. Und Maximilian hatte ihm nie etwas davon gezeigt.

Seit wann spielte er diese Rolle? Seit wann waren sein Lächeln, seine Ratschläge, sein Schutz nur eine Maske? Und was, wenn Maximilian mehr als nur ein Manipulator war? Was, wenn er ein Monster wäre?

Sein Herz schlug zu schnell. Zu heftig. Er versuchte, ruhiger zu atmen. Er konnte nicht regungslos bleiben. Er musste denken. Verarbeiten. Verstehen. Julian starrte immer noch auf das Dossier, das er gerade geschlossen hatte, aber irgendetwas passte nicht.

Warum sollte Neyher Werke, ein Unternehmen, das auf Metalle, Bergbauausrüstung und Eisenbahntechnik spezialisiert war, eine Handelsgesellschaft im Bereich der pharmazeutischen Teile aufgekauft und dann liquidiert haben?

Warum dieser Kauf für nur 1 Krone? Die Uhr tickte. Es war nicht der Moment, um weiter zu graben. Er zwang sich, seinen Blick von dem Dossier zu lösen, und durchsuchte schnell die anderen Unterlagen. Er musste sich auf das konzentrieren, wonach er wirklich hatte suchen wollene.

Beteiligungsurkunden. Eigentumstitel. Alles, was ihm einen Ausweg, ein Sicherheitsnetz bieten konnte. Dann nahm er auch das Dossier seines Vaters. Die Antworten würde er später finden.

Julian schloss den Safe mit einer scheinbaren Ruhe, strich mit der Hand über seine Jacke, um sicherzustellen, dass die Dokumente gut versteckt waren, und stieg dann leise die Treppen hinauf.

Sein Atem blieb gemessen. Sein Gang kontrolliert. Aber sein Herz schlug so schnell, dass es fast zu zerbrechen schien, ein dumpfer Schlag, der in seinen Schläfen widerhallte. Julian schloss die Tür zu seinem Zimmer hinter sich und drehte den Riegel um.

Er legte die Dokumente eines nach dem anderen auf die Kommode. Die Beteiligungsurkunden. Die Eigentumstitel. Die, die er gesucht hatte. Die, die er in die Falten seiner Jacken und die feine grüne Seidenfuttertasche seiner braunen Lederreisetasche verstecken würde. Dann fiel sein Blick wieder auf das Dossier seines Vaters. Er hatte keine Zeit. In fünfunddreißig Minuten musste er am Bahnhof sein. Aber seine Finger hatten sich bereits um den groben Umschlag geschlossen. Der Antrieb kam aus seinem tiefsten Innern. Es war stärker als er.

Er überflog schnell die Dokumente, die er bereits im flimmernden Licht des Kellers durchgesehen hatte, zu benommen, um ihren Sinn im Moment wirklich zu erfassen. Dann, weiter hinten, löste sich ein Blatt vom Rest.

Es war kein Verwaltungsdokument. Es war ein Brief. Sein Blick glitt über die violette Tinte, die an einigen Stellen verblasst war. Er las einen Satz. Dann einen anderen. Sein Blut erstarrte. Die Schrift zitterte leicht. Aber die Unterschrift war klar und deutlich. Das Papier entglitt ihm fast aus den Händen. Sein ganzer Körper erstarrte.

Sein Blick wanderte zum Fenster. Die Nacht senkte sich über die Stadt. Der Zug fuhr in einer Stunde ab. Sein Ticket war bereit. Sein Plan, gefasst. Aber… Wie konnte er jetzt noch fliehen?

Danksagung

Dieses Buch ist das Ergebnis einer inneren Reise – einer Suche nach Worten für das, was oft im Verborgenen liegt. Ich danke all jenen, die mich auf diesem Weg begleitet haben – für ihre Geduld, ihr Vertrauen und ihren unaufdringlichen Beistand.

Mein besonderer Dank gilt Barbara Goldberg, die meine deutsche Fassung mit großer Sorgfalt begleitet hat. Da Deutsch nicht meine Muttersprache ist, hat sie mir geholfen, meine Übersetzung von allzu französischen Spuren zu befreien – ohne dabei den ursprünglichen Ton zu verlieren.

Ich danke auch Sylvine Bailly – einer wertvollen Freundin und großen Künstlerin der Seele –, die das Manuskript mit Herz und Sorgfalt Korrektur gelesen hat.

Mein Dank gilt auch jenen, die an das Unsichtbare glauben, an die Kraft der Erinnerung und an die Macht der Sprache, Licht ins Dunkel zu bringen.

Ohne euch – und ohne eure Präsenz, oft im Hintergrund – wäre dieses Buch nie entstanden.

David Aurélien

📷 Mehr Bilder und Klänge auf Instagram :
@david_aurelien___

Biografie

David Aurélien ist Schriftsteller, internationaler Berater und Künstler. In Frankreich geboren, hat er in mehreren Ländern gelebt und gearbeitet – eine Erfahrung, die seine Weltsicht tief geprägt hat. Nach langjähriger Tätigkeit in der internationalen Zusammenarbeit begann er zu schreiben.

In seinem ersten Roman „*Julian von Bergen – Letzte Nacht in der Villa Neyher, Frankfurt 1939*" verwebt David Aurélien gekonnt historische Fiktion mit psychologischer Innenschau.

Mit seinem reichen, poetischen Stil lädt dieser Roman zu einer inneren Erkundung von Identität, Zeit und den Entscheidungen ein, die unser Leben prägen.

Derzeit arbeitet David Aurélien an der Fortsetzung der Saga um Julian von Bergen – einer Romanreihe, die die inneren Kämpfe und Offenbarungen ihrer Figuren am Vorabend der Katastrophe, dem Ausbruch des Zweiten Weltkriegs, mit psychologischer Intensität und Raffinesse auslotet.